生徒会の六花

碧陽学園生徒会議事録6

葵せきな

ファンタジア文庫

1559

口絵・本文イラスト　狗神煌

生徒会の六花
碧陽学園生徒会議事録 6

こくばん

生徒会長
桜《さくら》野《の》くりむ

三年生。見た目・言動・思考・生き様、すべてがお子さまレベルという、特定の人々にとっては奇跡的な存在。何事にも必要以上に一生懸命。

副会長
杉《すぎ》崎《さき》鍵《けん》

学業優秀による『特待枠』で生徒会入りした異例の存在。黒一点の二年生。エロ…もとい、ギャルゲ大好きで、生徒会メンバーの全攻略を狙う。

書記
紅《あか》葉《ば》知《ち》弦《づる》

くりむのクラスメイトで、クールでありながら優しさも持ち合わせている大人の女性。生徒会における参謀的地位だが、激しくサドな体質。

副会長
椎《しい》名《な》深《み》夏《なつ》

鍵のクラスメイトで、漢と書いておとこと読む、熱い性格の持ち主。男性を嫌っており、女子人気が高い。髪をほどくと美少女度が倍増する。

会計
椎《しい》名《な》真《ま》冬《ふゆ》

深夏の妹で一年生。当初ははかなげな美少女だったが、徐々に頭角をあらわし、今や取り返しのつかないことに。男性が苦手だが、鍵は平気。

出入り口

これが生徒会室の配置よ!

【プロローグ～卒業式前日～】

「あの、だから、その、それで」

「いいから、落ち着きなさい。さっきから全然会話になってないわ」

私は未開封《みかいふう》のミネラルウォーターを彼女に手渡す。

「す、すいません……」

彼女はびくびくとそれを受け取ると、何度か手を滑《すべ》らせながらもキャップを回し、軽く唇《くちびる》をつけて、こくりと、小さく喉《のど》を鳴らした。さっきまでのマシンガンのような言葉の羅列《られつ》がようやく止まり、二人《ふたり》きりの生徒会室に久々《ひさびさ》の静寂《せいじゃく》が訪れる。

彼女……杉崎林檎《すぎさきりんご》は、ペットボトルを両手で机《つくえ》に置くと、ふぅと息を漏《も》らした。

「あ、ありがとうございます、えと……紅葉《あかば》さん」

「どういたしまして」

彼女が返そうとしたペットボトルを私は手だけで「あげる」と示す。林檎ちゃんはもう一度だけはにかむように微笑《びしょう》して「ありがとうございます」と私に一礼した。

……相変わらず、可愛《かわい》い子だな、と思った。

杉崎林檎。きらきらと輝《かがや》く大きな瞳《ひとみ》、まるで人形のように整った顔立ち、雪のように白くきめの細《こま》かい肌《はだ》、小柄《こがら》で華奢《きゃしゃ》ながら確かな柔《やわ》らかさも感じさせる体軀《たいく》。そういった容姿《ようし》が優秀《ゆうしゅう》なのは当然ながら、人に接する無邪気《むじゃき》な態度……特に兄であるキー君に見せる笑顔《えがお》は、同性ながら「守ってあげたい」と思ってしまう程可愛らしい。

キー君の妹である彼女と会うのは、これで二度目。とはいえ、以前彼女が生徒会室にやってきた時は、騒《さわ》がしくてちゃんと話せてもいないから、こういう状況《じょうきょう》になると、お互《たが》いまだ少し緊張《きんちょう》が残ってしまうのだけれど。

彼女は生徒会室備《そな》え付けの時計《とけい》を見上げると、「あの……」と遠慮《えんりょ》気味に訊《たず》ねてきた。

「他の役員さん達《たち》は、まだ……」

「ごめんなさいね。卒業式関連の雑務《ざつむ》でバタバタしちゃってて、今日《きょう》は皆《みな》、校内に散《ち》り散《ぢ》りになっちゃってるのよ。一応メールで連絡《れんらく》入れたから、そろそろ戻《もど》ってくると思うんだけど……」

「そうですか……」

林檎ちゃんは、そわそわとペットボトルを手で弄《もてあそ》びながら俯《うつむ》く。

……今日は、私だけが生徒会室で作業をしていた。そこに彼女が血相《けっそう》を変えて飛び込《こ》んで来たのは、今から五分ほど前だ。とりあえずメンバーを招集《しょうしゅう》する間も待てなかったらしく、彼女は、矢継《やつ》ぎ早に私に喋《しゃべ》りかけてきた。殆《ほとん》ど単語の羅列のような話で、とても正確な状況把握《はあく》なんか出来《でき》たものではなかったけれど……。

ただ、彼女が何を伝えたくて、こんなに慌《あわ》てていたのかだけは、どうにか理解できた。

私は皆が戻ってくるまでにもう少しだけでも詳細《しょうさい》を掴《つか》もうと、彼女の方に向き直る。

「ねえ、林檎ちゃん。さっきの話って――」

「帰ったよー！　って、あ、林檎ちゃん！　久しぶりだねっ！」

私が質問をしようとした矢先、アカちゃんが元気よく戸を開けて入室してきた。それに続いて、椎名《しいな》姉妹《しまい》も丁度到着《ちょうどとうちゃく》する。

「帰ったぜー、知弦《ちづる》さん。それで緊急《きんきゅう》の用事って……お、鍵《けん》の妹じゃねぇか」

「はふぅ、今日は忙《いそが》しい日ですぅ。もう、真冬《まふゆ》くたくたで……。……あ、林檎さん！　なんで林檎さんがここに！　はっ！　さては、真冬と再戦しに……」

「い、いいえ、そうじゃなくて……」

三人に一気に話しかけられて、林檎ちゃんが戸惑《とまど》ってしまっていたので、私は一旦《いったん》場を仕切って、とりあえず全員を着席させた。林檎ちゃんは、いつもキー君が座《すわ》る場所に座って貰《もら》う。……若干《じゃっかん》空気がピリッとしたけど、まあ、今はそんなことを言っている場合でもないでしょう。

皆が席に着いたところで、私は改《あらた》めて林檎ちゃんに訊ねることにする。

今回、彼女がここに駆《か》け込んできた、理由を。

「それで、林檎ちゃん……」

私の言葉に、彼女は緊張したようにびくんと肩《かた》を揺《ゆ》らした。私達のただならぬ様子に、メンバー達も雑談を止《や》め、こちらの様子を見守っている。

私は……何度も喉につっかえそうになった質問を、なんとか、ようやく押《お》し出した。

「キー君が行方《ゆくえ》不明って、どういうこと？」

【第一話～片付ける生徒会～】

「祭《まつ》りの後こそ、気を引き締《し》めなきゃいけないのよ！」

会長がいつものように小さな胸《むね》を張ってなにかの本の受け売りを偉《えら》そうに語っていた。

なんか久々《ひさびさ》にちゃんと状況《じょうきょう》に合った名言《めいげん》だったので、俺《おれ》は嘆息《たんそく》しながら「そうですね」と対応する。

「むしろ生徒会としては、これからが本番と言っても差《さ》し支《つか》えないかもしれないですね……これ」

「……うん」

いつも元気、子供の体と心を悪い意味で維持《いじ》し続けている生徒会長……桜野《さくらの》くりむが、珍《めずら》しく元気を失った様子で頷《うなず》く。いや、会長だけではない。今日はメンバー全員が、何度も何度もため息を吐《つ》いていた。

どんな仕事もその頭脳《ずのう》と手腕《しゅわん》で鮮《あざ》やかに解決してきた黒髪《くろかみ》の美女、紅葉《あかば》知弦《ちづる》その人でさえ、今はただただ額《ひたい》に手をやるばかり。

俺の同級生で、副会長、活力の塊《かたまり》のような運動熱血《ねっけつ》美少女……椎名深夏《しいなみなつ》もまた、腕《うで》を組んで時折「あー！」と苛《いら》ついたように頭を掻《か》き。

深夏の妹で、趣味《しゅみ》が関係さえしなければ基本おっとりした病弱で優《やさ》しい女の子であるはずの椎名真冬《まふゆ》に至《いた》っては、「帰りたいです……」と、ちょっと涙目《なみだめ》だった。

かくいう俺……この美少女だらけの生徒会にいるだけで幸福《こうふく》なエロ魔神《まじん》、杉崎鍵《すぎさきけん》をもってしても、今日のこの生徒会室からは、早々に帰宅させて頂《いただ》きたいと思わざるを得なかった。

さて、その理由なのだが……。

「なんで、学園祭で使われた道具が生徒会室に持ち込《こ》まれてるのよー！」

いよいよぶちキレてしまった会長が絶叫《ぜっきょう》する。と同時に、全員でまた嘆息。

会長の言う通りだった。現在生徒会室は、ダンボールの山で混沌《こんとん》としている。学園祭が終わり、休日明《あ》けの片付け日も滞《とどこお》りなく終了《しゅうりょう》し、さて、今日からは通常活動だと生徒会室にやってきたら……もう、この状況だった。

知弦さんが、げんなりした様子で、もう一度説明する。

「片付け日の時に出てきた、誰《だれ》がどこから持ってきたんだか分からない道具。それらが、どうやら『とりあえず生徒会に預《あず》けてしまえ』ということで、学校中の持ち主不明品が、この狭《せま》い生徒会室に集められてしまったみたいよ」

「こんなの、生徒会の仕事じゃないよ……」

会長はぐったりしていた。まあ、この人は派手《はで》な企画《きかく》好きだからな。こういう、片付けみたいなみみっちい作業は、余計《よけい》にだるいのだろう。

同じくこういう作業が不得意な深夏が、机《つくえ》に置かれたダンボールから赤い布きれを取り出しつつ、はぁと嘆息する。

「うちの生徒達って、生徒会に対して今や『総合雑用係《がかり》』みたいな認識《にんしき》だよな。あーあ、最初のうちは『人気投票《とうひょう》の美少女』っていう扱《あつか》いだったから、そこそこ自由にやらせてくれたっつうのに……」

「真冬も、最近はあんまりちやほやされません。……まあ、今までの活動が活動でしたから、すっごく、自業自得《じごうじとく》な気もしますけど」

真冬ちゃんの呟《つぶや》きに、全員が「確かに……」と納得《なっとく》してしまう。悔《くや》しいけど、人望《じんぼう》得られるような活動してなかったからな、ここ半年。むしろ、どちらかと言えば、生徒に迷惑《めいわく》をかける活動、もとい暴走の方が多かったぐらいだ。……ここに来て、今年の生徒会は最《も》早《はや》「憧《あこが》れの生徒達」じゃなく、「笑えるアホ集団」との認識に落ち着いている。そりゃ、雑用も押《お》しつけられるってもんだ。

全員がダンボールの山にげんなりムードの中……美少女と楽しく会話することが目的の俺としては、このまま無為《むい》に時間を過ごしても仕方ないと判断し、パンパンと手を叩《たた》いて、場を仕切る。

「とにかく、このままボーッとしていても事態《じたい》は解決しない！　こんな部屋《へや》じゃ、イチャつくことも出来ないぜ、みんな！」

「片付いてても別にテメーとはいちゃつかねーけどな」

俺の言葉にも、深夏はシラッと返すのみで、他のメンバーも一向《いっこう》に仕事に手をつけようとしない。むむ。俺とイチャつくという目的があれば、皆喜んで片付けを始めると思ったのだが……。

「…………いや、むしろ、狭いからこそ密着度が上がって、ムフフな展開になるという可能性も……」

「さあ、皆、片付けるわよー！」

『おおー！』

俺が新たな道に気付いた瞬間《しゅんかん》、なぜか会長が急に張り切って声を上げた。知弦さんも椎名姉妹《しまい》も、皆、人が変わったようにやる気だ。全員、素早《すばや》くダンボールを調べて、元の持ち主割《わ》り出し作業に取りかかっている。……どうしたんだろう。

「うむうむ。そうか。皆、やっぱり広い部屋で俺とイチャつきたかったたか」

『…………』

うん、なんかガン無視だ。よく分からないけど、視線が痛いので、俺も片付けを始めるとしよう。

近くにあった小さめのダンボールを一つ膝《ひざ》の上に置き、中から道具を取り出していってみる。

「ハサミ、ノリ、定規《じょうぎ》……。……こういうのは、持ち主の特定に骨が折れるなぁ」

「そうね。とりあえず、そういうのは後回しにして、分かりやすいのから片付けていくのがいいんじゃないかしら。物が減《へ》って部屋が広くなれば、作業もしやすいでしょう」

「ですね」

知弦さんの提案を受け、俺達は持ち主の特定が楽そうなものから手をつけていくことにする。

「あ、これは……」

作業を開始して数分、真冬ちゃんが何かを見つけた。

「どうした、真冬」

深夏が訊《たず》ねる。真冬ちゃんは、ダンボールの中からそれを取り出した。

「純情ロマン○カ最新刊じゃないですかっ！　真冬、まだ買ってなかったんですよ！　じゃあ、早速《さっそく》読――」

『仕事しようよ！』

というわけで、俺は真冬ちゃんからコミックを没収《ぼっしゅう》。彼女はしくしく泣いていた。……しかし、うちの学校には着実に広まり始めているな……ＢＬ。いや、趣味《しゅみ》は人それぞれでいいんだけどさ。いいんだけどさっ！

真冬ちゃんから没収した漫画《まんが》を、パラパラめくってみる。まったく。女子はどうしてこういう漫画を……。…………。

「……鍵？」

「ハッ！　よ、読みこんでしまってなんか、ないんだからねっ！　先が気になったりなんか、してないんだからねっ！」

「どうした⁉　急にツンデレになって！」

「………ごめん、忘れてくれ」

「あ、ああ」

汗《あせ》を拭《ぬぐ》う。…………。……ＢＬが流行《はや》っても、仕方ないな、と思いました。お、俺はそっちの道に行かないけどなっ！　絶対、行かないけどなっ！

「ふふふ……」

なんか真冬ちゃんがこっちをニヤニヤ見ていたので、俺は作業に戻《もど》ることにする。

自分の担当《たんとう》ダンボールをごそごそ漁《あさ》っていると、ふと、ピンク色の柔《やわ》らかい布が引っかかった。そのまま、取り出してみる。

「杉崎、そっちはなにかあっ――って、な、なにしてるのそれ！」

「なにって……って、え」

会長に指摘《してき》され、ようやく気付く。自分がとったピンクの布が……下着だったことに。

「う、うええぇ⁉」

「キー君……貴方《あなた》……」

知弦さんが軽蔑《けいべつ》するような目で俺を見ている。俺は、慌《あわ》てて弁解した。

「い、いや、これはダンボールから出てきたんですよ！　俺の持ち物じゃないですから！」

「でも、杉崎先輩《せんぱい》ですし……」

「真冬ちゃん⁉　俺を疑《うたが》うの⁉」

「むしろ、疑わねー方がおかしいよな……お前のキャラを知っているヤツからすると」

「深夏まで！　俺は、やってないって！」

『…………』

「それでも俺は、やってない！　冤罪《えんざい》最低！」

『…………』

やべ、まったく信用されない。こ、こうなったら！

「俺だったら、下着楽しむにしても、一人で楽しむって！」

なんか変なところで会長に納得された。皆も、「確かに」と頷《うなず》いている。……うん、なんだろうね、これ。信じて貰《もら》えたのに、微塵《みじん》も嬉《うれ》しくないや。

「まあそうね」

とりあえず机の上に下着を置く。そして……今度は違《ちが》う意味で、汗が噴《ふ》き出し始めた。

「……しかし、校内に下着が放置《ほうち》されてるって……」

そこは健全すぎる高二男子。妄想《もうそう》が膨《ふく》らんでしまっても、仕方ないだろう。会長も、顔を赤くしている。

「これは……不純異性交遊《いせいこうゆう》の可能性、大だわ！」

会長は憤慨《ふんがい》でごまかしていた。が、そこで、知弦さんが鋭《するど》い指摘。

「それにしても、普通《ふつう》、下着を置き忘れはしないでしょう」

「……そうだよね。でも、だったらなんで下着が……」

『………』

全員、考えこんでしまう。すると、深夏が意見を出してきた。

「シェン○ンが出したんじゃねーかな！」

「ドラゴン○ールがあったとしても、そんなウー○ンみたいな願いごとする生徒なんて、うちの学校には――」

「……よし、一件落着《らくちゃく》だね！」

とそこまで言ったところで、俺の方を見る会長。そして、ごくりと生唾《なまつば》を飲み込《こ》み。

「いや待ちましょうよ。何も解決してませんから！　俺犯人《はんにん》じゃないですから！」

酷《ひど》い言いがかりだった。流石《さすが》に深夏も会長も本気ではなかったのか、すぐ引き下がってくれる。

そして、会長はむぅと唸《うな》り、腕《うで》を組んだ。

「これは迷宮《めいきゅう》入りの予感だよ……」

「体どころか、頭脳も子供の探偵《たんてい》さんですからね」

「……杉崎」

睨《にら》まれてしまった。俺はこほんと咳払《せきばら》いする。そして、ゆるゆると推理《すいり》。

「どうせ、服が汚《よご》れる確率《かくりつ》高い作業があって、それのために、予備の下着を買っておいたけど、結局いらなくて、そのまま買ったことも忘れて放置しちゃった……みたいなことなんじゃないですか」

俺が妥当《だとう》な可能性を語ると、知弦さんと椎名姉妹は「そんなところだろうな」という反《はん》応《のう》を返してくる。しかし……一人謎《ひとりなぞ》に頭を悩《なや》ませていた会長は、唐突《とうとつ》に興奮《こうふん》した様子で叫《さけ》んできた。

「す、凄《すご》いよ、杉崎！」

「へ？」

会長の俺に対する珍《めずら》しい反応《はんのう》に、面食らう。

「探偵だよ！　名探偵さんみたいだよ！」

「そ、そうですか？」

なんか褒《ほ》められてるぞ。……よく分からないが、折角好感度上昇《せっかくこうかんどじょうしょう》中なので、とりあえず乗っかっておこう。

「えへん。それほどでも、ありませんがね。でも、学園祭にまつわる一連の事件は俺が全部解決してあげますよ。……じっちゃんの名にかけて！」

「おおー！」

ぺちぺちと会長が拍手《はくしゅ》している。……開けるのに力がいる瓶《びん》の蓋《ふた》をなんなく開けて、子供に英雄視《えいゆうし》されている大人《おとな》の気分だった。他のメンバーは、どうでもいい様子で各々《おのおの》の作業に戻っていく。

会長は、キラキラした目で俺を見つめながら、「じゃあね、じゃあね！」とごそごそダンボールを漁《あさ》り始めた。どうやら、もっと推理を見せて欲しいらしい。

……よし。今日は、ズバズバ推理を放《はな》って、会長の好感度を上げまくってやるぜ！　さっきの下着に関する推理のレベルでいいなら、俺にだって簡単だ！　幸《さいわ》い他のメンバーは自分の作業の方が大変で、こっちにあまり感心が無さそうだし！

俺は、張り切って会長に向き直った。

「よっしゃ、ばっちこーい！」

「うん、いくよ！　学園祭の落とし物持ち主&理由推理……次は……これ！」

そう言って、会長はダンボールから、俺に推理して欲しい物体を取り出す！

「離婚届《りこんとどけ》！」

「分かるかぁああああああああああああああああああああああ！」

いきなり俺の想像の範疇《はんちゅう》を大幅《おおはば》に超《こ》えて来やがりました。俺の絶叫《ぜっきょう》に、会長がきょとんと首を傾《かし》げる。

「うん？　分からないの？」

な、なんかガッカリした様子だ！　まずい！　これはまずいぞ！

俺は、汗をダラダラかきながら、視線を外《はず》す。

「ば、バーロー。この東……じゃなくて北の高校生探偵にかかれば、そんな推理、わけねーぜ」

「だよね！　名探偵さんだもんね！」

「う……」

やばい。子供の期待の視線、めっちゃ痛い。今更《いまさら》気付いたけど、純粋《じゅんすい》な尊敬《そんけい》って、凄《すご》く、重い！　その期待、応《こた》える自信が無い！　でも、頑張《がんば》らないと！

「り、離婚届……ですよね」

「うん、離婚届」

「…………」

なんだよ、離婚届って！　なんで学園祭にそんなの必要なんだよ！　学園祭中じゃなくても、高校生活には絶対縁《えん》無いものだろ、離婚届！　演劇《えんげき》の小道具？　いや、今年の演劇は、「白雪姫《しらゆきひめ》」を本格的に演じただけだった。さっきの下着や、離婚届が出てくる余地《よち》は一切《いっさい》無い。……ぐぬぬ。

「杉崎？…………推理は？」

「え、えと、ですね。……うん」

し、仕方ない！　こうなったら、口からデマカセで誤魔化《ごまか》せ！

「離婚届。それは、なんのためのアイテムだと、会長は思いますか？」

「へ？　そんなの、離婚しかないじゃない」

「本当にそうでしょうか。むしろそれこそが、犯人の仕掛《しか》けたトラップだったんじゃないでしょうか」

「え⁉」

「俺はこう考えます。これは、思い込《こ》みを利用した心理的トリックなのです！」

「な、なんですってぇ⁉」

「人は、思い込む生き物です。離婚届を見れば、それは、離婚をするための道具だと思ってしまう。そこに、心理的落とし穴《あな》があったのです！」

「そ、そうだったんだ！　かかってしまってたわ！　私、そのトリックに騙《だま》されてたよ！　離婚届は、離婚するためのものだと思わされてたよ！」

「会長、離婚届という言葉に注目して下さい。『離《はな》れたくないから結婚《けっこん》の届け出』とも解《かい》釈《しゃく》出来ます！　つまり、全《まった》く逆の意味まで持つ！　これこそ、逆転の発想！」

「おお！　なんか斬新《ざんしん》な切り口！　すごい、すごいよ、杉崎！」

「分かって下さったようですね」

「うん、驚《おどろ》きだったよ！」

「悲しい事件でしたね」

「うん、悲しい事件だったね」

「じゃあ、次の事件行きましょう！」

「うん！…………うん？」

「さあ、次の事件に行きましょう！」

「う、うん」

勢《いきお》いだけで押《お》し切られた会長が、離婚届を折りたたみ、ダンボールに戻《もど》す。実際なんにも解決してないのに。なんで離婚届が学園内にあったのか、なに一つ語ってないのに。勢いだけで、満足したようだ。これこそ、真の心理トリック！　自信ありげに推理を語られると、なんか解決した気になるという法則《ほうそく》！

「あれで乗り切れるのは、会長さん相手の時だけだぞ……」

気付くと、隣《となり》から深夏が呆《あき》れた様子で俺を見ていた。なんとでも言え。俺は、今日こそどんな手段を用《もち》いても、会長の好感度を上げるのだ！

会長はいささか納得《なっとく》いかない様子ながらも、離婚届をしまうと、新たな放置《ほうち》物《ぶつ》を探《さが》すためダンボールを漁《あさ》り始めた。よし……離婚届は流石《さすが》に分《ぶ》が悪かったが、他の物なら、大体、テキトーな推理が出来る。ここからだ、ここから！

俺が決意を新たにしていると、会長が、「あ」と何かを見つける。俺は、ぱちんと手を合わせた。

「よっしゃ、ばっちこーい！」

「うん、いくよ。杉崎……これの謎《なぞ》を解《と》いて！」

そうして、会長はそれを取り出す！

「生首《なまくび》！」

「常軌《じょうき》を逸《いっ》してるぅぅぅぅうううううううううううううううううううううううう！」

名探偵さーん！　本物の名探偵さーん！　助けてぇー！　助けてぇー！

俺はしばし完全に混乱に陥《おちい》っていたが、しかし、恐《こわ》がりのはずの会長が平気な顔して生首を持っているため、すぐに本物ではないと気付き、改《あらた》めてそれを確認する。

「……て、ああ、なんだ。人形の首か」

「そりゃそうだよ」

「じゃあこれ、単純にお化《ば》け屋敷《やしき》やったクラスのものじゃ――」

とそこまで語ったところで、ふと気付く。……こんなんじゃ、好感度上がらないんじゃなかろうか。推理が、単純すぎる。全然感心させられない。

ここは……もう少し、捻《ひね》るか。

「……これは、悲しい事件ですね」

「え、また？　うちの学園祭、ちょくちょく悲しい事件起きてたの？」

「トリックに使われたんですよ。この生首。こう、ひもをつけてですね……」

他のダンボールからテキトーにひもをとりだし、生首に結びつける。そしてもう片方を持ち、ぶらんぶらんと生首を振《ふ》る。

「こ、怖《こわ》いよ、杉崎……」

「まあ見てて下さい。……とりゃ！」

唐突《とうとつ》に、自分の作業をしていた真冬ちゃんの目の前に生首を投げる。

「にゃっ⁉」

真冬ちゃんはびっくりして仰《の》け反《ぞ》るが、瞬間、俺はひもを引っ張《ぱ》り、素早《すばや》く首を回収する！　そして……真冬ちゃんが「なにするんですかっ！」と俺に抗議《こうぎ》する中、俺は、それを一切無視して、会長に笑顔を向ける。

「……これで、完全犯罪《はんざい》の完成です」

「ごめん、私も真冬ちゃんも読者も、全《まった》く事態《じたい》についていけてないよ」

「察しが悪いですね。こうやって、人を脅《おど》かせば、びっくりして心臓止まって死んじゃうじゃないですか。完全犯罪ですよ。恐《おそ》ろしいですよ」

「先輩《せんぱい》⁉　真冬を殺そうとしたんですか⁉」

なんか真冬ちゃんがまだ抗議しているけど、無視。

会長は、真冬ちゃんの方を見ながら、「いや、あの……」と汗《あせ》を流す。

「……全然、大丈夫《だいじょうぶ》そうだけど？」

「真冬ちゃんには、可哀想《かわいそう》なことをしました……」

「や、だから、ピンピンして……」

「そして、このトリックの秀逸《しゅういつ》なところは、ひもをつかって素早く凶器《きょうき》を回収しているおかげで、誰が犯人か分からないということなのです！」

「先輩！　真冬を殺そうとするなんて、酷《ひど》いです！」

真冬ちゃんがめっちゃこっちを見て怒鳴《どな》っているけど、無視。しかし会長は、見逃《みのが》してくれなかった。

「すっごくバレてるけど。被害者《ひがいしゃ》生きてる上、犯人に向かって激怒《げきど》してるけど」

「……恐ろしい完全犯罪でした。ええ、完全犯罪ですよ、これは。なんせ、犯人が捕《つか》まらない！」

「そりゃ誰も殺してないからね……むしろ、ただのお化け屋敷の演出だからね……」

「そして悲しい事件でした。全《すべ》ては、愛情の裏返しだったんでしょう」

「真冬への愛は、どのタイミングで裏返ったのですかっ⁉」

ガイシャがまだ何か喋《しゃべ》っているが、今は会長ルート攻略《こうりゃく》中なので、他のヒロインは無視。無視なのだ。特定のヒロイン攻略中、他のヒロインが空気なのはエロゲの常識！

「どうです、会長。俺のこの見事《みごと》な名探偵ぶり！」

「うん、とりあえず、少なくとも名探偵は、トリックの実演で実際に人を殺そうとはしないと思うのよ」

「こんな見事な推理を見せても……まだ満足しないと？」

「いや、それ以前の問題っていうか……。はぁ。もういいよ、杉崎を名探偵だと思った、私が間違《まちが》ってたんだよ」

「そう、貴女《あなた》は間違っていた。罪《つみ》を償《つぐな》って、ちゃんとやりなおして下さい」

「はい、すいませんでした……って、なんでまだ名探偵の立ち位置なのよ！　っていうか、それ言い出したら、杉崎こそ『真冬ちゃん殺害未遂《みすい》』を償うべきだよ！」

「ハッ、生首放《ほう》っただけで、人が死ぬわけないじゃないですか。アホですね、会長」

「むきゃー！」

なんか会長がえらく憤慨《ふんがい》なさってしまった。……あ、あれ、おかしいな。俺、会長からの好感度を上げようとしていただけなのに——

「もう、杉崎、キライ！」

「ええっ!?」

なんか、好感度激減《げきげん》してました。ゲームだったら、非常に残念な効果音が鳴っている場面だろう。普通《ふつう》にやっていたら絶対間違えない選択肢《せんたくし》を間違えたレベルだ、これは。なぜだ、なぜなんだ……。

「ううん、ミステリー……」

「キー君、貴方《あなた》、名探偵の素質《そしつ》一切《いっさい》無いと思うわよ」

知弦さんに厳《きび》しいことを言われてしまった。なんてこった。

「ヤック、デカルチャー……」

「なぜゼン○ラーディ語なんですか……」

真冬ちゃんにツッコまれてしまった。というか、真冬ちゃんしかツッコめないネタだったらしい。皆キョトンとしている。……くそ、マク○スを知らないとは……それこそ、デカルチャーだ。

会長がすっかり拗《す》ねてしまったので、仕方なく俺も自分の作業に戻《もど》る。

皆が黙々《もくもく》と片付け作業をしている中、俺は、無言の空間が耐《た》えられないタイプなので、ぶつぶつと独《ひと》り言を呟《つぶや》きながら作業を開始した。

「まったく、うちの学生達は高校生にもなって片付けも出来ないのかね……」

『…………』

「親の教育がなってないのかもしれないな。まあ、『近頃《ちかごろ》の若者《わかもの》は』ってよく批判《ひはん》されるけど、その若者を育てたのは、大体そんなこと言っている世代だよな」

『…………』

「でも、そんなのは昔からか。若い世代が駄目《だめ》になっていくなら、人類の頂点はアダムとイブか。やつら、万能人間《ばんのう》だったのかっつう話だ」

『…………』

「いや、違う。神だ。原初の存在は、神だ。神こそ、我《われ》らの頂点なのだ」

『…………』

「神を崇《あが》めよ。神を信じよ。さすれば、救済《きゅうさい》の道は開かれん。神こそ絶対。我ら人は全《すべ》てみな等《ひと》しく、神の寵愛《ちょうあい》を受けし子供。さあ、罪深き人類よ、今こそ大いなる祈《いの》りを――」

『どんな独り言だぁ――――――――――――――――――――――――!』

「おおうっ!?」

なんか急に全員がキレてきた。俺は完全に無意識で喋《しゃべ》っていたため、意味が分からず、

「なに、なに?」と周囲を見渡《みわた》す。深夏がなぜか俺の胸《むな》ぐらを摑《つか》んできた。

「宗教勧誘《かんゆう》かっ! てめぇ、あたし達を変な道に引きずり込もうとでもしてんのかっ!」

「ええっ!? な、なんの話だよ。俺、テキトーに喋ってただけだよ」

「話の発展のしかたが異常なんですよ、先輩はっ!」

真冬ちゃんにまで怒《おこ》られる。……意味が分からない。

「そんな、独り言に注意されても……」

「それはそうなんだけどね、キー君。やるにしても、もうちょっとちゃんとした独り言にしてくれるかしら」

「ちゃんとした独り言って……」

「杉崎。独り言を禁止まではしないけど、聞いてても気にならない内容にしてよねっ！」

「う、うぅ。わ、分かりました」

三年生両名にしっかり注意されてしまった。……なんだよ。独り言なんて、無意識の垂《た》れ流しじゃねえかよ。そんなの、意識してやってられっかよ。

とはいえ、女性に頼《たの》まれたら何も断《ことわ》れないこの俺。無音はさすがに苦しいので独り言を喋りはするが、しかし、注文通《どお》り真面目《まじめ》な思考でやることにした。

「……祭《まつ》りの後、か。何回経験しても、切《せつ》ないものだな」

『…………』

「この切なさを紛《まぎ》らわす術《すべ》を、俺はまだ知らない。俺の胸には今日も、秋の冷たい風が吹《ふ》きすさぶ」

『…………』

「思えば、保育園児の頃《ころ》、遠足や運動会のあとにも、こういう気持ちを感じていた。いくら体が大人《おとな》になっても、根本《こんぽん》的なところは子供のままなのだなと、ふっと自嘲《じちょう》気味に笑ってみる」

『…………』

「おっと、自己紹介《じこしょうかい》が遅《おく》れたな。俺は、杉崎鍵。碧陽《へきよう》学園に通《かよ》う高校二年生だ」

『ドラマCDみたいな語り口も、やめてぇ――――――――――――――!』

「おおぅっ!?」

俺が真面目な独り言を呟《つぶや》いていると、メンバー全員からまた非難《ひなん》を受けた。

「な、なんなんだよてめぇはっ! どこの主人公さんですかっ!?」

「や、一応自分を語り部《べ》にした小説書いてたりなんかはするんだけど……」

「その才能を独り言で発揮《はっき》しないで下さい、先輩!」

「そ、そんなこと言われても……。いいじゃん、別に」

「気になるのよ。ここまで気になる独り言も珍《めずら》しいぐらい、聞きいっちゃうのよ、キー君のドラマCD呟き」

「じゃあ聞いてればいいと思いますけど」

「気が散《ち》るでしょ！　杉崎は、真面目な独り言も禁止！」

「えぇー。じゃあ、どんな独り言ならいいんですかっ！」

抗議するも、既《すで》に会長達はツーンと俺を無視する態勢に入ってしまっていた。くそ……無意識も真面目も駄目《だめ》となると……じゃあなんだ。明るくいくのか。そうか、お笑い芸人さんの深夜ラジオとかも、いい意味で勉強中に、気にならないで聞けたりすることあるしな。適度な笑いの雰囲気《ふんいき》は、聞き流すのに丁度《ちょうど》いいかもしれない。

俺は、軽い笑い話も交《まじ》えつつ、独り言を呟いてみることにする。

「しっかし、昨日《きのう》のアレは傑作《けっさく》だったな。『ぽっこんちょ』事件。……くくっ。今思い出しても、笑えてくるなぁ」

『…………』

「いやまさか、あのタイミングでぽっこんちょとはね。く……くふっ。いや、あはははははは、ホント、間抜《まぬ》けっつうかなんつうか」

『…………』

「もう、皆腹抱《はらかか》えて笑ってたもんなぁ。原口《はらぐち》なんか、ぜぇぜぇいってたし。もう、あれは数年に一度あるかないかの爆笑《ばくしょう》事件だったな。……くくっ」

『…………』

「普通、あそこでぽっこんちょか？　かはっ……信じられない発想だったなぁ。あれはもう、天才だな、天才。笑いの神様確実に降《お》りてたな、あの時の『店長』には」

『……』

「だって、そもそも………。……って、あ、これ、うちのクラスのヤツのだ。よし、部活でまだ残ってるだろうから、返しに行ってくるか――」

『ぽっこんちょ事件の全容話してからにしてぇ――――――――――――！』

「おおおおぅ!?」

なんか今度は、全員に呼《よ》び止められた。今までとまったく逆の反応《はんのう》に、面食らう。

俺はダンボールから見つけたクラスメイトの放置物《ほうちぶつ》である『グローブ』を手に持ちつつも、皆の意外な反応を見て、頬《ほお》をぽりぽりと掻《か》く。

「えと……俺、これ、クラスメイトのなんで、返してきたいんですけど……」

「そんなのどうでもいいよ！」

「ええっ!?」

会長が今日の生徒会の活動を根底《こんてい》から覆《くつがえ》す発言をしてきた。他のメンバーも、なんか目が血走っている。

「鍵！　そのグローブならあたしが届《とど》けるから、先にぽっこんちょ事件をちゃんと話せ！」

「え？　いや、いいよ。俺、届けてくるよ……」

腐《くさ》っても、毎日雑務《ざつむ》をこなしている副会長。好きな女の子に作業を押《お》しつける様な真似《まね》はしたくない。しかし、それでも皆退《ひ》いてくれなかった。

「先輩っ！　真冬達とそのグローブ届けること、どっちが大事なんですかっ！」

「ええっ⁉　なにその急に出てきた妙《みょう》な天秤《てんびん》！　そりゃ、ハーレムメンバーが大事に決まってるけど……」

「そうよね、キー君。だったら、ほら、グローブを置いて、ぽっこんちょ事件について話しなさい」

「いや、あの、でも。別にそんな大した話じゃないですし……。……皆、おかしいですよ？　ふざけるのもいいですけど、やっぱり、なんだかんだいって仕事はちゃんとしてこその、俺達生徒会じゃないですか」

『う』

全員が身を引いたところで、俺は、少し混乱しながらも、とりあえずグローブを持ち主の生徒に返すため、生徒会室を後にした。

五分後。あっさり目的の生徒を見つけ、返却《へんきゃく》を終えた俺は生徒会室に帰還《きかん》。席に着き、仕事を再開する。

『………』

心なしか、なんか、皆こっちに聞き耳を立てている気がする。……なんなんだ。

俺はとりあえずそれらを気にしないようにして、改《あらた》めて独り言を呟《つぶや》き始めた。

「ぽっこんちょ事件は……もういいか。そうそう、昨日はあのテレビが面白《おもしろ》——」

『ぽっこんちょ————————————————!』

「のわっ!」

急に全員が血走った瞳《ひとみ》で俺を睨《にら》み付けて来た。しかも、なんか全員、ただただ、「ぽっこんちょ。ぽっこんちょ」とぶつぶつ俺に呟くばかり。

俺は、いい加減《かげん》、キレた。

「な、なんなんですかっ! なんで、俺の独り言のハードル、やたら上がってきてるんですかっ! 元々、気にならないのにしろって言ってきてたじゃないですかっ!」

『うっ』

「独り言なんですから、聞き流して下さいよ！　もう変な話、しませんから！」

『………』

皆とても不満そうだが、それでも、自分の作業に戻っていく。俺も椅子《いす》に深く背を預《あず》け、リラックスした状態で作業を再開する。独り言は……もう、やめておくことにした。なんか、好感度《こうかんど》下がるだけの気がするから。

しばし、黙々《もくもく》と作業する。いくつか持ち主が判明しそうな物品が見つかったので、それらはサクッと持ち主に返却した。しかしそれでも、あまりダンボールの量は減《へ》らない。

作業が一段落したところで、会長が「ふぅ」とため息を漏《も》らした。

「私達のやれる範囲《はんい》じゃ、これが限界だよ……」

「そうですね。でも残り……どうしましょうか。普通に落とし物として職員室に預けるには、あまりに多いんじゃないかと」

俺の言葉に、会長は「うー」と天井《てんじょう》を仰《あお》ぎ見る。そこに、知弦さんが提案してきた。

「見たところ財布《さいふ》のような貴重品《きちょうひん》は無いみたいだし、どこかにまとめて置いて、各自持って帰って貰《もら》うのがいいんじゃないかしら。しばらくやってもなくならないものは、もう、職員室へってことで」

「ま、それが妥当《だとう》だよな」

深夏がその意見に同意する。俺達も特に異論はなかったため、パパッと生徒会室前の廊《ろう》下《か》に「心当たりある人は、持ち帰るように」と貼《は》り紙して、コーナーを設置《せっち》。各自で持ち帰って貰うことにした。あとは明日《あす》の朝のHRで告知すれば、充分《じゅうぶん》だろう。

「ふうー」

ダンボールを全《すべ》て生徒会室から出し、作業が終わったところで、俺達はようやく一息ついた。すっきりした部屋を見渡して、皆でしみじみとする。

「やっぱり、生徒会室はこうじゃないと！」

会長なんかお茶を飲みつつ栗《くり》ようかん（誰《だれ》が持ってきたのか）をつまみ、すっかりご満《まん》悦《えつ》状態だ。俺達は俺達で、背《せ》伸《の》びをしたりして、この広々《ひろびろ》空間を堪能《たんのう》する。

「んー！　やっぱ、広い方が落ち着くなー！」

深夏はそう言って清々《すがすが》しい顔をしているものの、しかし、真冬ちゃんは少し不満そうだった。

「真冬は、ちょっとぐらい狭《せま》い方が落ち着きます」

「あー、その気持ちは分かるかな。俺もエロゲの箱だらけの自室は落ち着くもんな」

「いや、それと一緒《いっしょ》にされたくはないです」

「なんかあの箱って捨《す》てられないよね。すげぇ場所とるのに。ソフト自体はぺっらぺらなのに。美少女キャラクターの笑顔のパッケージ絵とか、ゴミ箱に捨てるの凄《すご》い罪悪《ざいあく》感あるもんね。分かるなぁ」

「いや、だから、真冬もその仲間に入れないで下さい！」

エロゲ箱は別にしても、部屋はある程度乱れている方がやはり落ち着く。あんまり小綺《こぎ》麗《れい》にしてショールームみたいになると、まるで生活感がなくなって、居心地《いごこち》悪いというか。

俺達がそんな会話をしていると、知弦さんが「それにしても」と疲《つか》れた様子で口を開く。

「ちゃんと片付けをしないのも問題よね。うちの生徒達、そこそこ真面目《まじめ》なはずなんだけど……流石《さすが》に学園祭で燃え尽《つ》きたのかしら」

「うーん、どうなんでしょう。真冬は、ここの生徒さん達、少なくとも近隣《きんりん》の他校生よりは、ちゃんとしていると思ってましたけど……」

とそこまで真冬ちゃんが言ったところで、俺はふと、さっきのことを思い出した。

「そういえば、グローブをクラスメイトに返しに行った時なんですけど。そいつ、若干《じゃっかん》わざと忘れたところあるかも、なんて話してましたね」

「わざと？　なんで？」

会長が栗ようかんを頬張《ほおば》りながら訊《たず》ねてくる。俺は、会長に向き直った。

「俺もその気持ちは、なんとなく分かる気がします。実際、うちの生徒達も、俺と似《に》た気持ちだったんじゃないですかね」

「？」

首を傾《かし》げる皆に、俺は、苦笑して答える。

「終わらせたくないんですよ、今年のとても楽しかった学園祭を」

「え？」

会長はキョトンとしている。知弦さんも椎名姉妹も、似たような様子だ。……まったく。

当人達に自覚はなしか。

「今年は……確かに、楽しかったですからね」

「そぉ？　楽しかったけど、なんかすっごかったよ。ぐっちゃぐちゃで」

会長の言う通りだった。今年は、なんかもうぐっちゃぐちゃだった。俺や知弦さんがかなり尽力《じんりょく》したにも拘《かか》わらず、それでも、全然計画通りに進まなかった。なぜなら……。

「そりゃ、上に立つ生徒会からして、皆、ことあるごとに趣味《しゅみ》持ち込みましたからね……」

会長はすぐに計画方針《ほうしん》を「楽しそう」な方向に変えちゃうし。深夏は熱血《ねっけつ》な企画《きかく》はなんの確認もなしに了承《りょうしょう》しちゃうし。真冬ちゃんは「ゲーム部」の活動に尽力しすぎちゃうし。唯一《ゆいいつ》の良心だと思っていた知弦さんも、可愛《かわい》くはしゃぐ会長を愛《め》でたい欲望から予算オーバーな着ぐるみとかをバシバシ発注《はっちゅう》しちゃったりしてたし。俺は……まあ……その……ミスコンやフィーリングカップル企画の方に集中しすぎたというか……こほん。

とにかく、主《おも》に生徒会役員達がしっかりしてないせいで、今年の学園祭はぐっちゃぐちゃだった。皆、好き勝手やりたい放題やった感があった。

「去年は、ちゃんとしてたんだけどなぁ」

深夏が思い出すように呟《つぶや》く。その通り、去年はちゃんとしてた。生徒会長が真面目な人だったのもあって、全《すべ》てが滞《とどこお》り無く進行する……それはそれでいい学園祭だった。

それに比《くら》べたら、今年の学園祭は、もう、カオスだった。秩序《ちつじょ》もなにもない。

だけど。

「それでも、最高に楽しかったですよ、今年の学園祭」

俺の言葉に、会長は「うーん」と、まだ納得《なっとく》出来ないように唸《うな》る。

「それは分かったけど……それと片付けしないことに、なんの関係が？」

「えと……ですから、終わらせなきゃいけないのは分かっているのに、皆、どこかで終わらせたくないんですよ。今年の学園祭。……片付けまで完璧《かんぺき》に終わっちゃったら、もう、本当に終わりじゃないですか」

「ふーん」

「ふーん、て」

会長の反応は微妙《びみょう》に淡泊《たんぱく》だった。あれ？　もっと、分かってくれると思ったんだけどな……。会長なんか、一番祭りの好きな人だし。

しかし、実際はそうでもなかった。一応、知弦さんや椎名姉妹は「なるほど」と頷《うなず》いてくれているというのに……会長は、今ひとつ、納得いってない様子だ。

「会長？」

「…………よしっ」

会長はしばし腕を組んでなにか考えていたかと思うと、唐突《とうとつ》に立ち上がり、俺達が声をかける間もなく、ぴゅーと生徒会室から飛び出していってしまった。

「……なんだ？」

俺達が呆気《あっけ》にとられていると……数秒して、唐突に、校内放送が流れ始める。ピンポンパンポーンと、導入《どうにゅう》の音。そして……。

《えー、こほん。てふてふ。てふてふ》

会長の声がスピーカーから聞こえてくる。どうやらマイクのテスト中なようだ。「テステス」と言うべきところを微妙に間違ってはいるが。

《あー、あー。うん。よし。全校生徒の皆、元気にしてる？　私は元気です》

なんか手紙みたいなコメントが始まった。

《ええと、生徒会から……というか、私、桜野くりむからのお知らせです。学園祭に関するもので、落とし物、忘れ物が沢山《たくさん》あるから、心当たりある人は、取りにくるよーに！》

ん……なんだ、普通の告知《こくち》だな。だったら、朝のＨＲでやればいいものを、なんで今このタイミングでわざわざ――。

《っていうか、さっさと全部片付ける！　楽しい学園祭は終わったんだよ！　いつまでもうじうじ引きずらないの！　生徒会は凄《すご》く迷惑《めいわく》してるんだからね！　自分達のものは、自分達で片付ける！　お片付け、高校生にもなって出来ないのっ!?》

唐突に、怒《いか》りに満ちた厳《きび》しい言葉。深夏が、「おい、会長さん暴走気味なんじゃ……」と呟き、俺達がそろそろ止めるべきかと視線で会議する中……しかし会長は、更《さら》に続けた。

《大丈夫《だいじょうぶ》！　いつまでも学園祭を引きずってなんか、いなくていいんだよ！　私が生徒会長である限り、もっともっと、楽しいイベント沢山《たくさん》やるんだから！　終わった過去じゃなくて、新たな未来に期待するべし！　だから、安心して片付けていいよ！　以上！》

再び音が鳴り、告知が終わる。俺達はすっかり呆気にとられながらも……しかし、全員、顔を見合わせ……そして、微笑《ほほえ》む。

「こういう人だったよな、うちの会長は」

俺の呟きに、「そうね」「そうだな」「そうですね」と同意の言葉が返ってくる。

そうだ。

祭りの後は、いつだって、寂《さび》しい。当然だ。楽しいことが終わってしまったのだから。

その隙間《すきま》を埋《う》めるのは難《むずか》しい。分かってはいても、どうしようもない。

だから、終わらせたくなる。あっさり全てを片付けてしまいたく、なくなる。

でも――。

「あ、先輩《せんぱい》！　生徒会室の前に、沢山人来てますよ！　凄いです！　一気に物が片付いていきます！……………真冬達の作業、なんだったんでしょう……」

終わった祭りに、いつまでもすがらなくていい。どんどん片付ければ、いい。

だって――。

「お、やってるね、皆！　そうそう、どんどん片付けちゃうんだよ！　そして、次なるイベントに備《そな》えるのだー！」

俺達には、もっともっと楽しくなるであろう明日が、待っているのだから。

【第二話〜熱血《ねっけつ》する生徒会〜】


「心にはいつだって、情熱《じょうねつ》の炎《ほのお》を燃やしているべきなのよ！」

会長がいつものように小さな胸《むね》を張ってなにかの本の受け売りを偉《えら》そうに語っていた。

とはいえ今日の会議はそもそも、特殊《とくしゅ》な議題のない通常会議。校内のちょっとした報告をしあって、あとは駄弁《だべ》ろうかという日だ。小説にさえならないような通常回。だから会長も割とテキトーに名言《めいげん》を放《はな》っただけのようだったが……。ただ一人。それに、思い切り食いついてきたヤツが居《い》た。

「その通りだぜっ、会長さん！　あたしは……あたしは、今、猛烈《もうれつ》に感動しているっ！」

「ふへ？」

特にこの名言に思い入れも何もなかった会長は、深夏《みなつ》の反応にキョトンとしていた。

しかしそんなのはお構《かま》いなしに、深夏は席から立ち上がり、机《つくえ》にバンと手をついて、まるで演説するかのようなテンションで続ける。

「会長さんの指摘《してき》通りだぜ。あたしは、常々《つねづね》思っていた。現代の若者には、情熱が足《た》りないとっ！」

「いや、あの、私、そんなこと指摘してないけど……」

「そう、日本も昔はこんな風じゃなかった。思い出せ、先進国に追いつけ追い越《こ》せと活気に溢《あふ》れていた、あのハングリーな時代のことを！」

「いや、お前その時代経験している世代じゃないだろう」

俺《おれ》のツッコミに、しかし深夏は「ふぅ」と失望したかのような息を漏《も》らす。

「これだから、現代人は」

「おおう、まさか十七歳《さい》の女子高生にそんな台詞《せりふ》吐《は》かれるとは」

「今の若者に足りないモノ。それはなんだと思う、妹よ」

「へ？」

急に姉に話題を振《ふ》られ、今の今までノートパソコンをカチカチいじっていた真冬《まふゆ》ちゃんは、ぽけっとしてしまっていた。そんな妹の様子に、深夏は「はぁ」とため息を漏らす。

「だから駄目《だめ》なんだっ、今の若者はっ！」

「ええっ⁉　なに⁉　なんで真冬怒《おこ》られてるの⁉　今日はゲームもしてないし、ＢＬも読んでないよ⁉」

「パソコンをカチカチ、カチカチ。……軟弱《なんじゃく》な」

のに……くすん」

「ええー！　それだけ⁉　それも駄目なの⁉　生徒会に関《かか》わる書類を作成していただけな
「書類作成？　そんなことで、パソコンなんかに頼《たよ》るな、妹よ！」

「そんな……。パソコン使わなきゃ、作れないよぅ、正式な書類」

「男は黙《だま》って、石版《せきばん》！」

「いつの時代の発想⁉　あと、真冬男じゃないし！」

「……ぐちぐちぐちぐちと。口ばっかり達者《たつしや》だな、今の若者はっ！」

「にゃっ！　さ、流石《さすが》のインドア真冬でも、今ばかりは、お姉ちゃんに手を上げたくなっちゃったよ……」

「む。最近流行の、すぐキレる若者か。病《や》んでるな」

「病んでるのはお姉ちゃんだよ――――！　むきゃ――――！」

真冬ちゃんが珍《めずら》しくブチ切れてしまった。隣《となり》の知弦《ちづる》さんが、真冬ちゃんを「よしよし」と宥《なだ》める。そうして、少し困《こま》ったような表情で深夏の方を見る。

「どうしたの、深夏？　今日はいつもより、妙《みよう》に攻撃《こうげき》的だけど……」

「今までは他のメンバーが暴走しているから、ツッコミに回らざるを得なかったけど。折《せっ》角《かく》名言が熱血だった今日こそは、あたしの日頃《ひごろ》の鬱憤《うっぷん》を晴《は》らさせて貰《もら》うぜ！」

「深夏も、普段《ふだん》、割と好き勝手言ってるじゃない」

「違う！　あたしが今日言いたいのは、熱血漫画《まんが》のアピールとかじゃねぇ！　現代の若者達に送る、熱《あつ》きメッセージだ！」

「ううん……。私は遠慮《えんりょ》したいけど」

知弦さんのその言葉に、深夏はより一層、目をカッと見開く。

「ほら！　あたしは、生徒会の『そーいうところ』が気になってたんだ！」

「え？　なに？」

「知弦さんなんか、特にそうだけど！　なんかこう、『冷《さ》めてます』って感じだろ！　熱血から、一歩身を引いてるだろ！」

「それは、そうね。だって、そういうの私のキャラじゃないから」

「それが駄目なんだ！　熱くなれよ！　もっと熱くなれよ！」

「遠慮しておくわ」

「こら知弦！」

「え、急に呼《よ》び捨《す》て？」

「お前、そんなんで人生楽しいか！　そんなの、死んでるのと同じじゃねーか！」

「……漫画じゃよく聞く台詞《せりふ》だけど、いざ言われると、結構カチンと来るわね、その言葉」

確かに。いくらやる気ない人生送ってても、死んでるのと同じとまでされる謂《いわ》れはない気もした。

しかし、深夏はまったく引かない。

「もっとテンション上げていこーぜ！　自分をさらけだそうぜ！」

「いえ、さらけだした結果が、こういうテンションなのだけれど……。あのね、深夏。誰《だれ》もが、本質が深夏みたいだと思ったら大間違《まちが》い――」

「歯を食いしばれ！」

「え⁉　なに⁉　殴《なぐ》られるの⁉　ちょ、ちょっと深夏。先輩《せんぱい》に対して、それはいくらなんでも……」

「てりゃあ！」

「いたっ！……って、なにこれ。肉球《にくきゅう》？」

深夏が本気で知弦さんに手を上げたため、びっくりして声も出なかった俺達だが、よぉく見てみると、深夏の手は、なぜかもこもこした猫《ねこ》の手になっていた。どうやら、いつの間にか猫の着ぐるみの手の部分（どこから持って来たかは不明）をはめていたらしい。おかげで、殴ったとは言っても、肉球が「ぽにゅ」っと言う程度の威力《いりょく》だった。

それでも多少びっくりはしたらしく、知弦さんは頰《ほお》をさすって愚痴《ぐち》をこぼしていた。

「まったく……。肉球アタックとはいえ、先輩に手を上げるなんて……」

「ほら、『ありがとうございました』は？」

「……は？」

「……ふぅ。今の若者は、感謝《かんしゃ》の言葉も言えんのか。嘆《なげ》かわしい」

「いや、私、貴女《あなた》より年上だから。それに、この場面で感謝の言葉を使う意味が分からないのだけど」

「拳《こぶし》で気合いを入れて貰《もら》ったら、感謝するのは常識《じょうしき》だぜ」

「どこの世界の常識なのよ……。……はぁ。もういいわ。ええと、『ありがとうございました』」

「うむ、精進《しょうじん》しろよ」

「………………」

知弦さんが俯《うつむ》いてワナワナと震《ふる》えていた。……今日の深夏は、怖《こわ》いモノ知らずだな。でも熱血って、そういうものかも。……ううむ、熱血、恐《おそ》るべし。

メンバーが一通り被害《ひがい》にあい、げんなりする中、会長が「と、とにかく」と話を元に戻《もど》そうとする。

「今日は、皆《みんな》が最近学校生活で気になっていることを気軽に報告しあって、和気藹々《わきあいあい》とした会議を――」

「ぬるい！」

「ひぅ」

「ぬるいぜ、会長さん！　和気藹々なんて、してる場合じゃねぇ！」

「そ、そんなことないと思うけど。会議は、皆仲良《なかよ》くね？　ね？」

おおー、なんか今日は会長が常識人に見える！　個人的に非常に貴重《きちょう》で嬉《うれ》しい場面ではあるが……。

「戦いによってしか得られないものも、あるんだぜ！　会長さん！」

「うぅ……」

……なんかうちのクラスメイトが非常にウザいため、感動が帳消《ちょうけ》しだ。これではマトモな発言している会長があまりに可哀想《かわいそう》なので、俺は深夏の相手を引き受けることにする。

「深夏。いい加減《かげん》にしろって。熱血なのは結構なことだけど、戦いや暴力はやっぱりいけないことだと思うぞ」

俺の意見に、会長、知弦さん、真冬ちゃんが首をぶんぶん縦《たて》に振って同意する。

しかし深夏は、「これだから最近の若者は……」と、もはや口癖《くちぐせ》みたいになっている文《もん》句《く》を呟《つぶや》き、俺を見下《みくだ》してきた。

「じゃあ、鍵《けん》！　お前は、アニメを見たり漫画を読んでて、こう思ったこともないというのか！」

「？　なんだよ」

「『戦いは無益《むえき》なことよ』とか正論言うヒロイン、ちょっとウゼェ、と」

「！」

やべ。ある。ちょっとある。ロボットモノの、それぞれの戦う背景《はいけい》を何も知らない無垢《むく》なヒロインとかね。いや、悪気《わるぎ》が無いのは分かるし、そっちが正解なんだけど。こればっかりはね。

とはいえ、これに同意したら一気に持ってかれるので、俺は否定《ひてい》しておく。

「ウザいかどうかはさておき、正解は正解だろ。戦争は、いけないことだ」

「それはそうだぜ。あたしの敬愛する熱血漫画の主人公だって、大抵《たいてい》は、無益な争《あらそ》いをなくすために、動いている」

「だろ。だったら……」

「だが！　無益な争いをなくすための、『尊《とうと》い闘争《とうそう》』も、あるんだぜ！」

「！」

「和気藹々《あいあい》……それもいいだろう。しかし、今のあたし達に必要なのは、自分をさらけだし……意見を戦わせることに、他《ほか》ならない！」

「く……なんだ、このオーラは！　なんかすげぇカッコイイこと言っている気がしてきた！」

「やる気無いフリすんなよ！　もっと熱くなれよ！　戦えよ！　転《ころ》んで、泣いて、みっともなく喚《わめ》いていけよ！　それが……それが！」

深夏はそこで、すぅと息を深く吸《す》い。そして……叫《さけ》んだ！

「それが、青春だろ！」

『！』

な、なんだこれは！　微妙《びみょう》に心が、心が揺《ゆ》れる！　そんな説教されるようなこと、俺達なにもしてないのに！　なんか、強制的に、反省《はんせい》させられる！

気付けば、感化されやすい会長がダラダラ涙《なみだ》を流していた。

「先生！　修造《しゅうぞう》先生！　私、間違ってたよ！」

「うむうむ。いいんだ、いいんだぞ、桜野《さくらの》くん。あたしは松《まつ》○修造じゃねーけど」

会長があっち側に行ってしまった。そうなると……なんだか俺達も、徐々《じょじょ》に深夏が正しいこと言っているような気分になってきてしまった。知弦さんや真冬ちゃんと目を見合わせ、数秒の逡巡《しゅんじゅん》の後……まずは真冬ちゃんが、動いた。

「お、お姉ちゃん。真冬……真冬、確かに間違ってたかもしれない。ネットの巨大掲示板《きょだいけいじばん》とかに慣《な》れていると、マジレス……じゃなかった、感情的になることがカッコ悪いことみたいな価値観《かちかん》に、ついついなっちゃっていたかもしれないよ」

「そうだ、真冬。もっとさらけ出すんだ。煽《あお》りに簡単に釣《つ》られる人生も、そう悪くはないもんだぜ？」

「お、お姉ちゃん！」

真冬ちゃんが完全に落ちてしまっていた。

そして、それに続き、知弦さんまで……。

「確かに私は、どこかで自分のキャラを決めつけすぎていたかもしれない。私と人類の関係を、女王と愚民共《ぐみんども》という括《くく》りに考えすぎていたかもしれない」

おい。あんたそんな風に世界を捉《とら》えていたのかよ。

「でも、そうよね。たまには、民衆と対等の立場で正面からぶつかることも、必要だったかもしれないわね。そこから生まれるものも、あるのかもしれないわね」

「その通りだぜ、知弦さん。人の上に立つってことは、実は幸せなことじゃねーんだ。漫画でも、最強存在は大抵《たいてい》、最終的に悪《あく》の思想に染《そ》まって敵《てき》になっちまうだろ。そういうことなんだぜ」

分からん。何を言っているのか、全《まった》く分からん。しかし、知弦さんはなぜか瞳《ひとみ》をうるうるさせていた。

「そうね……。目が覚《さ》めたわ、深夏！　私も、今日はぶつかるわ！　対等に、ぶつかっていくわ！」

「その意気だ、知弦さん！　気合いだー！」

「き、気合いだー！」

ああっ！　知弦さんが、変なキャラになっちゃってる！「気合いだ」とか言う知弦さん、なんか見たくなかったよ！

さっきは不覚《ふかく》にも心動かされてしまった俺だが、真冬ちゃんと知弦さんの変貌《へんぼう》ぶりを見ていると、冷静さを取り戻《もど》した。……いや、これは、ないだろ。いくら熱くなるっつっても……。

「おい、鍵。お前は心を改《あらた》めてねーのかよ？」

「え？　いや、改めるもなにも……」

とそう答えるも。気付けば、俺の方が少数派《は》。皆のギラギラした暑苦《あつくる》しい視線に押《お》され、仕方なく、深夏の目を見て答えた。

「ね、熱血だー！　熱血最高！　テンション上がってキター！」

「おう！　お前も遂《つい》に目ざめたか、鍵！　あたしは信じてたぜ！」

「あ、ああ」

なんか評価されていた。やべ、今更《いまさら》「ハーレムの主《あるじ》として、その場の空気に身を任《まか》せました」とは言えねぇ。

そんな俺の不安をよそに、会議は遂に、深夏を中心に始まってしまった。

「よっしゃ！　じゃあ今日は、バリバリ議論を戦わせていくぞ！」


『押忍《おす》！』

「押忍!?」

「どうした、鍵」

「い、いや、なんでもない。お、押忍！」

「うむ」

な、なんだこれ。体育会系《けい》の部活みたいな集団になってるぞ、生徒会。とても美少女達の集まりとは思えない。……あれ、おかしいな。俺の目指《めざ》した楽園、生徒会って、こういう集団じゃなかった気が……。

「あたしは最近の学校生活について、常々《つねづね》思っていることがある！　それは……軟弱《なんじゃく》な若者が増《ふ》えているということだ！　聞けば、運動系の部活に入る人間も、年々減少《げんしょう》傾向《けいこう》にあるという！」

深夏のその言葉に、真冬ちゃんが深く頷《うなず》く。

「まったく、そのとーりです！　体は積極的に動かすべきです！」

「いや、誰も真冬ちゃんに言われたくはないと思うんだが……」

俺のツッコミに、真冬ちゃんは「ぐわっ」とこちらを見る。

「今日からの真冬はもう違います！　限界を超《こ》えて頑張《がんば》るのです！　毎日100メートル競歩《きょうほ》して、三回腕立《うでた》て伏《ふ》せして、腹筋《ふっきん》も四回やりますよ！」

「ああっ！　なんか心意気だけ熱血なんだね！　スペックは変わってないんだね！」

「よく言った、真冬！　お姉ちゃんは、感動した！」

「ええっ!?　いいの!?　あれ、いいの!?　テンションで押し切られているけど、あの子結《けっ》構自分甘《こうじぶんあま》やかしてますよ⁉」

「……鍵。他人のやる気に水を差すツッコミ……あたしは、好きじゃねえなぁ」

「え⁉　いや、だって、あれ……。い、いや。すまん。俺が悪かった」

俺は早々に謝《あやま》り、引っ込《こ》んでおく。まあ、当人達が納得《なっとく》してるならいいけどさ……。

真冬ちゃんの決意を受け、深夏が意見を続ける。

「運動部だけじゃねえ。最近の体育の授業を見ていても、あたしは落胆《らくたん》を隠《かく》せないぜ……」

「体育の授業に落胆？　あ、皆《みんな》の運動能力が低いってか？　でもそれは流石《さすが》に、お前の基《き》準《じゅん》で見られちゃあなぁ……」

俺の言葉に、しかし深夏は「違う！」と全力で否定してきた。

「あたしが問題に思っているのは、やる気だ！　近頃のヤツらからは、体育に対するやる気を感じられんのだよ！」

「近頃のヤツって……お前はいつだってお前の世代の授業風景しか見てないんじゃ」

俺の的確なツッコミは、しかし完全にスルーされていた。深夏の意見に、会長が「そうだねっ！」とノッてくる。

「それは私も感じてるよ！　ドッジボールの試合とかしても、私が一番声出してるもん！」

「……それは、会長だけ、ぎゃあぎゃあ五月蠅《うるさ》いからなんじゃ……」

会長のクラスがグラウンドで授業していると、窓《まど》から会長の声だけがキンキン教室内に響《ひび》いてくるもんな……。「ひゃあ！」やら、「痛いよぅ。うぇーん！」やら。

しかし、俺のツッコミはまたも無視されていた。

「そう！　運動能力は関係無い！　体育は、本気で臨《のぞ》むことが大事なんだ！　友達《ともだち》同士のなあなあの試合なんか、たるんでいる証拠《しょうこ》！」

「そのとーりだよ！　私はいつも本気なのに、うちのクラスメイト達なんて、『あらあら、桜野さんったら。怪我《けが》しないように、気をつけようね？』って、本気で戦ってくれないんだよ！　酷《ひど》いクラスメイトだよ！　たるんでるよ！」

「いや、それはとても良いクラスメイトに恵《めぐ》まれていると思いますが。たるんでいるんじゃなくて、優《やさ》しさだと……」

「分かってるじゃねーか、会長さん！　そうだぜ！　例《たと》えば剣道《けんどう》の授業だったら、相手の喉元貫《のどもとつらぬ》いてやるぐらいの気迫《きはく》を持って、試合に臨むべきなんだぜ！」

「そうだね！　そのとーりだね！」

「いやいやいやいや！　体育で友達に喉元貫かれてたまりますかっ！　どんだけ真剣《しんけん》なんだよ！　運動どころか、殺し合いの領域《りょういき》じゃねーかよ！」

この人達は、どういう心境《しんきょう》で体育に臨むつもりだろう。学校というより、軍隊の教育を導入《どうにゅう》する勢《いきお》いだぞ、これは。

俺が納得いかない表情をしていると、深夏がこちらを見て、「いいか、鍵」と説教に入ってきた。

「うちのクラスのマラソンの授業なんかを見ろ。ダラダラ走ってるのは勿論《もちろん》、近道《ちかみち》しようとするヤツまでいる始末《しまつ》じゃねーか」

「う……。まあ、その辺は確かに、あまり褒《ほ》められた光景じゃないが……」

「だろう。マラソンやるなら、最下位の人間が荒《あ》れ狂《くる》うケモノにズッタズタにされちまうぐらいのテンションでやらねーとな！」

「やらねぇよ！　どんな授業だよ！　むしろ皆必死すぎて、裏切《うらぎ》りや罠《わな》が横行《おうこう》する死のレースになりかねないわ！　こっちの光景の方がイヤだよ！」

「ぬこさんに引っ掻《か》かれるだけだが？」

「紛《まぎ》らわしいな、おい！　でもそっちもよく考えたらイヤだ！　そもそも体育に罰《ばつ》とか導入しようってのが間違ってんだよ！」

「悲しいことだがな、鍵。ここまで堕落《だらく》した若者達を立ち直らせるには、多少の痛みは覚《かく》悟《ご》しなければならないのだよ」

「お前、どんだけクラスメイトに厳《きび》しいんだよ！　というか友人を堕落した若者扱《あつか》いすんなよ！　むしろお前が悪役思考《あくやくしこう》に染《そ》まりつつないか⁉」

「まあこの件ばかりに時間をとられても仕方ない。保留《ほりゅう》しておこう。しかし他にも、あたしは気になってることがあるんだぜ」

「まだあるのかよ……」

俺がげっそりしていると、深夏は握《にぎ》った拳《こぶし》をぷるぷる振《ふ》るわせながら、現代の若者へ物申《もう》した！

「もっと殴《なぐ》り合って行こうぜ――！」

「駄目《だめ》だろ！」

即《そく》ツッコませて貰《もら》った。しかし、なぜかこれに知弦さんが「その通りね！」と食いつく。

「私も常々思っていたわ。今の時代には、少々バイオレンスが足《た》りないと」

「足りなくていいですよ！　っつうか何言ってんの、あんたら！」

俺のツッコミも虚《むな》しく、案の定《じょう》、話は二人《ふたり》だけで進んでいく。

「いくら平和な時代に生きているとはいえ、拳で語り合うことを忘れたら、いけねーよな」

「そうね。暴力で伝わることって、あるわよね」

「いやいやいや！　出来るだけ言葉で伝えようよ！　言葉を使う努力はしてこうよ！」

「体罰《たいばつ》や暴力じゃないの。それは、愛のムチなのよ」

「知弦さんの場合、愛のムチじゃなくてリアルムチが使いたいだけじゃないですか!?」

「気に食わないことがあれば、ネットに悪口《わるぐち》を書き込《こ》んでしまうようになったこの時代。こんな時代だからこそ、今再び、拳によるコミュニケーションが必要とされてると、あたしは思う！」

「なんか正論っぽいこと言った気がするけど、だからって暴力の推奨《すいしょう》はおかしいと思うんだ！　拳より、まずは言葉でわかり合えれば、それが一番いいと思うけど！」

「そう、ムチもね」

「勝手に付け足さないでくれます!?」

「そんな風にさっきから反論ばかりの鍵だって、拳によるコミュニケーションの大切さは、誰より分かっているじゃねぇか」

　深夏が不思議なことを言ってきた。俺は、「はあ？」と首を傾《かし》げる。

「あたしの拳を、毎日欠《か》かさず喰《く》らってるだろ。この時代に希有《けう》なヤツだぜ」

「好きで喰らってるんじゃねーよ！　お前が暴力的なだけだよ！」

「そうか？　殴られてる時のお前、いい顔してるぜ」

「ひゃっほい！　不本意な評価っ！」

「む。鍵。あたしは今理解した。これがお前の、いつも言っている、『ツンデレ』という反応《はんのう》なんだな？」

「違《ちげ》ぇよ！　そういう解釈《かいしゃく》すんなよ！　俺、口ではこう言ってるけど、実は殴られるの大好き、なんてマゾキャラじゃねえから！」

「まあ、口ではそう言うもんなんだよな、ツンデレって」

「ああっ!?　なんか悪かったよ！　俺にいつもそういう反応されるお前の気持ち、ちょっと分かってきちゃったよ、今！」

「とにかく今の若者は、土手や川縁《かわべり》で殴り合って、最終的に『やるじゃねーか』『お前もな』『……へっ』『ははっ』的やりとりをすることの価値を、学ぶべきだと思うんだ」

「……もういいや」

俺は説得を諦《あきら》めた。議論してみて、気付いたこと一つ。「熱血」って、果てしなく厄介《やっかい》だ。どれだけ理詰《りづ》めで攻《せ》めようとしても、「熱血理論」の前には、そんなもの全《まった》く通用しないらしい。むしろ、言葉を並べれば並べるほど、こっちが「しゃらくさい存在」みたいに解釈され、どんどん熱血派が自信を持つ結果に繋《つな》がるらしい。

俺がぐったりしている間に、生徒会は深夏を中心に、いよいよ団結を始める。

深夏は椅子《いす》の上に上り、メンバー達はそんな深夏を羨望《せんぼう》の眼差《まなざ》しで見つめていた。

「今の若者に必要なものは、何だー！」

『じょーねつです！』

「それを取り戻《もど》すためには、今何が必要とされているー！」

『あつき、とーそーです！』

「それらを体現する唯一無二《ゆいいつむに》の存在とはー！」

『み・な・つ！　み・な・つ！』

「若者よ、今こそ立ち上がれ！　このあたしに、続けぇー！」

『おおー！』

……一人番茶をすすりながら、この理解出来《でき》ない集団を見守る。……うん。テンションの高さでは誰にも負けない自負《じふ》があった俺さえ引くこの感じ。なかなか突《つ》き抜《ぬ》けたヤツらだ。流石《さすが》俺のハーレム。でも、しばしお付き合いを控《ひか》えさせて頂《いただ》きたい。

……ん？　これは……ああ、あれだ。何かに似《に》てると思ったら。そうか。あれか。

「あたしについてこい、野郎共《やろうども》ー！」

『おおー！』

「今こそ、闘争《とうそう》の時ぃー！」

『やったるぜぇー！』

不穏《ふおん》な空気を感じ、俺は、早々に生徒会室を、こっそり去らせて貰《もら》うことにした。うん……今日ばかりは仕方ない。いくら美少女好きの俺と言えど、今日の彼女らからは、一歩引かせて貰うとしよう。うん。

ボルテージがどんどん上がっていく彼女達を尻目《しりめ》に、俺は一人身支度《みじたく》を整え、そぉっと戸を開け閉めし、とてとてと廊下《ろうか》を歩いていく。

そうして、しばらく歩いても、まだ聴《き》こえてくる彼女達の声に、生徒会室の方をふと振《ふ》り返り……呟《つぶや》く。

「学生運動が加熱して、過激になってく時って、ああいう感じなんだろうな……」

俺は生徒会の唯一の良心として、今日のところはあの場から退散させて頂こう。うん。あそこにこれ以上居《い》たら、最終的に俺までヤバイことになりそうだ。

まあ、深夏以外はどうせ一過性《いっかせい》の精神状態だろう。幸《さいわ》い、明日からは三連休。これだけの期間があれば、皆冷静になって、また元の生徒会に戻っているはずだ。ここは、ハーレムの主《あるじ》としても、放置《ほうち》プレイが一番賢《かしこ》い選択肢《せんたくし》だろう。うむうむ。

＊

三連休明け。

「明日の天気は、大体晴《は》れ！　雨が降《ふ》るかも？　そんなことは気にするな！　気合いでカバーするんだ！」

ピッ。

「朝の連続テレビ物語『ファイト源五郎《げんごろう》』――」

ピッ。

「テレビの前の皆《みんな》ー！　歌のお兄《にい》さんだぞー！　見よ、この上腕二頭筋《じょうわんにとうきん》！　ハハハ、素晴《すば》らしいだろう！　キレてるだろう！　皆も、お兄さんみたいに――」

ピッ。

「正解！　『強敵』の読み方は、『ライバル』でした――」

ピッ。

「まさか、3000万ファイアーの俺を上回ってくるだと――」

ピッ。

「今、OLの間でも大人気のファッションがこれ！　鼻《はな》に絆創膏《ばんそうこう》！」

ブツン。

俺は、テレビを消した。

だらだらと止まらぬ汗《あせ》を拭《ぬぐ》いつつ、ベランダへと足を向ける。

憎《にく》たらしいほどに晴れ渡《わた》った空。爽《さわ》やかに頬《ほお》を撫《な》でる風。

登校する子供達の、無邪気《むじゃき》な声。「ねっけつだー」「とうそうだー」。

おかしいな。まだ、汗が止まらないや。どうしたんだろ。三連休の間、世間から隔絶《かくぜつ》された田舎《いなか》にこもって割の良い肉体労働のバイトしてた時だって、ここまで汗はかかなかったのに。おかしいなぁ。ホント、おかしいなぁ。

まあね。そういえば、碧陽《へきよう》学園と世間の流行の関係性とか、完全に忘れてたよね。ん、あれ、創作《そうさく》ということになってんだっけ。いや、創作だっけ。もう、なんでもいいや。

とりあえず、一つだけ確かなことがある。それは――

《ガンガン！　ガンガン！》

「鍵ー！　ガッコまで走っていくぞー！　鍵ー！　皆待ってるぞー！　ドア開けろー！

早くしないと、蹴破《けやぶ》るぜぇー！」

「お、深夏！　それカッコイイ！　熱血だね！　私もやりたい！」

「あら、駄目《だめ》よアカちゃん。こういうバイオレンスなのは、私こそがやるべきよ」

「そうはさせません！　真冬も、日頃《ひごろ》の鬱憤《うっぷん》晴らしにやりたいです！　ドア蹴破り！」

《ガンガン！　ガンガン！　…………ドガシャァアアアアアアアン！》

…………。

母《かあ》さん。とても住みにくい世の中に、なりました。

【第三話～喋《しゃべ》らない生徒会～】

「（時には沈黙《ちんもく》の美学を追究《ついきゅう》せよ！）」

会長がいつものように小さな胸《むね》を張ってなにかの本の受け売りを偉《えら》そうに語って——は、いなかった。ホワイトボードに今日の名言《めいげん》を記《しる》すと、それを機に、生徒会メンバーは「口にチャック」を強《し》いられたのだ。おかげで現在生徒会室は、フルメンバー揃《そろ》っているのに無音である。気味が悪い。

『…………』

しかもなんか、空気が悪い。別にケンカしているわけでもなんでもないのに、複数人が寄り集まっておいて全員が沈黙《ちんもく》状態だと、妙《みょう》な緊張感《きんちょうかん》が漂《ただよ》ってしまって、とてもいたたまれない。

既《すで》に五分ほど、この状態が続いている。俺《おれ》は会長の方に「喋りたい」という真摯《しんし》な願いを含《ふく》ませた視線を送るが、会長は無慈悲《むじひ》にも両腕《りょううで》で×を作り、更《さら》に「口にチャック」のジェスチャーを繰《く》り返してきた。俺はカクンと肩《かた》を落とす。

とりあえず、今日は書類整理作業だ。確かに喋る必要はない単純作業。しかし単純作業だけに、俺なんかは、むしろ喋りたいのだ。

かさかさと、紙のこすれる音だけが生徒会室に響《ひび》く。……以前読書した時以上に、やりにくい。なんせ、俺も喋れないのだ。これは辛《つら》い。

しばらくせっせと書類整理の方へと集中して気を紛《まぎ》らわせていると、唐突《とうとつ》に、深夏《みなつ》が肩をツンツンとつついてきた。

「？」

彼女の方を向く。すると深夏は、口をパクパクと動かし始めた。

「〇〇〇〇〇〇〇、〇〇〇」

「？」

よく分からない。なんか俺の手元の書類を指さしながら、パクパクやっているが……。

生憎《あいにく》、俺は唇《くちびる》を読んだりする技能を持ってはいない。

深夏が、今度はゆっくりと口を動かす。俺は頑張《がんば》って、それを推理《すいり》することにした。

「（あたしはけんが、すきだ）」

なんてこった。告白された。俺は深夏の肩に手をおくと、ゆっくりと彼女の唇に自分のそれを寄せ――。

《ベキバキッ！》

骨に異常が出る寸前まで、殴《なぐ》られました。

「○○○○！」

今のは分かった。「なんでだよ！」だ。うん、そうだよね。ごめんなさい。

俺は命の危険を感じ、ジェスチャーで「もう一回」と伝える。深夏は、再び口をパクパクと開いた。

「○○○○○○、○○○」

……わからん。最初が七文字《もじ》、区切って、三文字。それぐらいしか……いや、それも怪《あや》しいか。きゃきゅきょ、みたいな言葉の場合は、一文字《もじ》に見えてしまうし……本格的に、分からない。

とりあえず、母音《ぼいん》的には、「おおいおおうい、あいえ」みたいな感じだった。

……………、……………。……そうか！　俺は閃《ひらめ》いて、深夏に口パクで確認をとる。

「（呪《のろ》いの扇《おうぎ》、焼いて？）」

「！（こくこく！）」

おお、なんか合ってるっぽい!?　よっしゃ、じゃあ、早速《さっそく》――。

……どうしろと。呪いの扇？　え？　なにそれ。どこにあるの？　っていうか、なんで焼くの？　お清《きよ》め？　お清めなの？　でも、なんで今？　やべぇ、謎《なぞ》は深まるばかりだ。

仕方ないので、俺は深夏に訊《たず》ね返すことにした。

深夏視点

なかなか分かってくれなかった鍵《けん》だが、ようやく、あたしの言葉が伝わったみたいだ。

「(そっちの書類、かして)」

作業の一環《いっかん》で、一旦《いったん》鍵の手元にある書類を確認させて欲しかったのだが、鍵がなかなか理解してくれなかった。なんかいきなりキスされそうになったし。なんなんだ、こいつは。

なんにせよ、さっきの鍵の口パクは合っていた。あたしは、書類を待って――

「？」

いたら、鍵が一向《いっこう》に書類を離《はな》さず、なぜかあたしにコンタクトをとろうとしてきた。

口パクが始まる。

「〇〇、〇〇〇〇〇？」

なんか最後に首を傾《かし》げた。……意味が分からない。書類をさっさと渡せ。

あたしは鍵が握《にぎ》っている書類に手を伸《の》ばすが、しかし、鍵は全《まった》く離そうとしない。

「〇〇⁉　〇〇〇〇〇〇⁉」

うん、詳細《しょうさい》は分からないが、なんか焦《あせ》ってやがる。「なんで⁉　なんでとるの⁉」みたいな感じだ。なんか知らんが、えらく怯《おび》えてやがるし。……い、意味が分かんねぇ。

鍵が再び、最初の口パクに戻《もど》る。

「〇〇〇、〇〇〇〇〇？」

だから、なんなんだ。「おえあ、おおいあうお？」それぐらいしか分からない。

あたしは推理してみることにした。…………。…………。……そうか！

「（俺は、ソロになるの？）」

「！（こくこく！）」

おお、正解みたいだ。…………。……え、正解⁉　なに⁉　どういう意味⁉　鍵、ソロになるの⁉　え、なんの⁉　バンドかなんかの話⁉　なんで今⁉　そしてなんであたしに訊《き》く⁉

あたしはあまりにワケがわからず、視線で妹の方へと助けを求めた。

杉崎視点

「(それは、どこにあるの?)」

呪《のろ》いの扇《おうぎ》を焼けとかいう謎の指令《しれい》を出してきた深夏にそう訊《たず》ねたら、なんか急に俺の書類を奪《うば》おうとしてきやがった。これはもしや深夏、その呪いとやらのせいで操《あやつ》られてるのかと、俺は非常に怖《こわ》くなり、涙目《なみだめ》で書類を死守《ししゅ》したのだが……。とりあえず、その後深夏は襲《おそ》って来なさそうだったので、一安心して、また呪いの扇の在処《ありか》を訊《たず》ねた。

すると、深夏は……。

「(それは、どこにあるの?)」

と、完璧《かんぺき》な口パクをしたので、俺は頷《うなず》いたのだが……今度は深夏、なぜか急にテンパりだして、真冬《まふゆ》ちゃんの方へと視線をやってしまった。

……意味が、分からない。なんだこれは。これは一体――。

ハッ! そういうことか! そうなんだな、深夏! 呪いの扇は、真冬ちゃんが持っていると言うんだな! そうか。そりゃ、中々言い出せないよな。姉妹《しまい》だもんな。妹が、姉に呪いをかけているんだもんな。悲しいよな、そりゃあ。

よし、このハーレムの主《あるじ》たる俺が、あのインドアをこじらせて姉への感謝《かんしゃ》まで忘れてしまったらしい愚《おろ》かな妹を、真っ当な道へと戻し、必ずや呪いを解《と》いてやるぜ！

真冬視点

「〇〇〇〇！　〇〇〇〇〇〇〇！」

「（はい？）」

急に先輩《せんぱい》が鬼《おに》のような形相《ぎょうそう》で真冬を睨《にら》み付けてきました。

真冬は、ただただ大人《おとな》しく書類整理作業をしていただけなのに。言っていることが全く分からないのでポケッとしていると、先輩は、今度はゆっくりと口を開いてくれました。

「〇〇〇〇！　〇〇〇〇〇〇！」

母音《ぼいん》だけメモをとります。

「（あううあん！　おういおあぁえ！）」

らしいです。でも、これ以上は分かりません。推理も出来ません。というか、したくありません。面倒臭《めんどうくさ》いです。あと、先輩、怖いです。考える余裕《よゆう》、無いです。

ふと、真冬の視線はメモへと向かいました。そうです。先輩はどうして口パクなんてしているのでしょう。喋《しゃべ》れないなら、書けばいいじゃありませんか。

真冬は、早速《さっそく》ルーズリーフに「なんですか？」と書き、先輩に見せようと——

《ペチッ！》

「あぅ！」

したところで、小走りで近くまでやってきた会長さんに、手を叩《たた》かれてしまいました！

「⁉」

涙目で会長さんを見ると、彼女は、ただただ、胸の前で腕《うで》をクロスさせて、大きな×を作っています。……な、なんか、駄目《だめ》らしいです。口パクは良くても、書いて意思疎通《いしそつう》を図《はか》るのは、駄目らしいです。相変わらず勝手にルールを作っちゃう会長さんです。

仕方ないので、母音から、真冬なりに納得《なっとく》の出来る文を考察してみます。

えと……最初の文節は、「あううあん」。……ちょっとえっちぃ香《かお》りがします。声に出したくは、ないです。MADとかで便利に使われちゃう感じですよ、これは。

しかし、どうもよく聞き覚《おぼ》えのある母音のような気もしますね……。ふむ。……あ！

これは、もしや「真冬ちゃん！」じゃないでしょうか！　おお、頭いいです、真冬！　ふふ、名探偵《めいたんてい》真冬の誕生《たんじょう》です！

ノッてます！　今、真冬は最大限にノッてますよ！　この勢《いきお》いで、後の文もガーッと推理しちゃいましょう！　もうインスピレーションです！　今の真冬ならやれます！　やれるはずです！　真冬がやらねば、誰《だれ》がやる！……むむ！　そうです！　直感を信じれば、こうなります！

「（真冬ちゃん！　頭皮《とうひ》を洗え！）」

「！」

先輩が、真冬の口パクにゆっくりと頷《うなず》き、そして、真剣《しんけん》な眼で見つめてきます。どうやら、正解のようですね。……真冬、自分の才能（推理力）が恐《おそ》ろしいです。

それにしても先輩……まさか、真冬の頭皮ケアまで心配してくれるなんて……。彼は、戦後最大のフェミニストさんじゃないでしょうか！　確かに真冬、髪《かみ》が長いですからね。ついつい髪をいたわる成分配合のシャンプーばかりを選んでしまいがちです。でも、駄目なんですね。盲点《もうてん》でした。頭皮ケアを怠《おこた》ったその先に、明るい未来は拓《ひら》けないのです！

真冬、今日は教えられました！　感動です！　ちょっと泣きそうです！　瞳《ひとみ》がウルウルしてきちゃいました！　やっぱり先輩は偉大《いだい》な男です！　真冬はそんな先輩だからこそ、惚《ほ》れてしまったところがあります！

真冬は先輩の心遣《こころづか》いに応《こた》えるため、ニッと笑い、親指をグッと立てて返しました。

杉崎視点

「(真冬ちゃん！　扇《おうぎ》を渡せ！)」

俺のその口パク発言は、どうやら見事《みごと》に真冬ちゃんに伝わったようだった。完璧《かんぺき》な口パクで返答を受ける。

俺は、この姉妹間で起こった一連の悲しい「呪《のろ》いの扇事件」の最後を見守る覚悟《かくご》を決め、真剣な眼差《まなざ》しで、真冬ちゃんを見つめた。

すると、彼女の眼球に、みるみる涙《なみだ》が溜《た》まっていく。……そうか。真冬ちゃん、反省《はんせい》しているんだね。

俺も胸が熱《あつ》くなってくる。そのまま彼女をジッと見つめていると……。

《グッ！》

「！」

真冬ちゃんは、力強く親指を立ててきた！　しかも笑顔。……完敗《かんぱい》だぜ、真冬ちゃん、キミは、なんて強い子なんだ。この状況《じょうきょう》でのOKサイン。それの示すところは……。

「(既《すで》に呪いの扇は処分済《しょぶんず》みですよ、先輩！)」

といったところだろう。なんて美しいラスト！　姉妹愛は、呪いを凌駕《りょうが》したのだ！

俺は額《ひたい》の汗《あせ》を拭《ぬぐ》い、ふうと一件落着《らくちゃく》の余韻《よいん》に身を任《まか》せる。数秒だけ休憩《きゅうけい》し、そして、とりあえず姉に報告しておくことにした。深夏の肩を叩き、俺もまた、親指をグッと立てる。

「(任務完了《かんりょう》だ！)」

「？」

首を傾《かし》げているが、そんなことは関係ない。俺は彼女の背を何度か強く叩いて、爽《さわ》やかな笑顔を見せた。深夏が、ハッとした様子で瞳をうるうるとさせている。

呪いを超《こ》えた俺達に、もう言葉は要《い》らなかった。

深夏視点

自分がソロになるのかと、ワケの分からない質問をしてきやがった鍵だが。真冬となにかやりとりをしたかと思うと、またあたしの肩をつついてきやがった。

「〇〇〇〇〇〇〇！」

「？」

相変わらず意味が分からない。なんなんだよ。気持ち悪い笑顔までしやがって。なんだその、何かを成し遂《と》げた主人公みたいな清々《すがすが》しい顔。きめぇ――

い、いや、よく考えろ。今の口の動きは、「いんうあんおうあ！」だ。ソロがどうこう言っていたことも合わせて考えると……こりゃあ……。

「（新譜《しんぷ》誕生だ！）」

って言ったんじゃねえか!? く……なんてこった。鍵。ハーレムハーレム言っていたお前が、遂《つい》に、ソロで自立して、新譜まで作っていたなんて。真冬もさっきなんか涙浮《う》かべてたし……これは、鍵の野郎《やろう》、それぞれに別れを告《つ》げているのかもしれねえな。

最初にあたしに疑問系《けい》で言ってきたのも、まだ迷《まよ》ってたからかもしれねぇ。それをあたしは……よく考えもせず、突《つ》き放してしまって……。

《ポンポン》

！　鍵が、無言であたしの背中を叩いてきた！　あたしを……愚《おろ》かなあたしを、許してくれるというのか、鍵！　漢《おとこ》だぜ！　お前は、本物の漢《こら》だぜ！

あたしは込《こ》み上げる涙を堪えながらも、鍵を見つめる。鍵も、あたしを見つめ返してくれている。

別れを覚悟《かくご》したあたし達に、もう言葉は要らなかった。

よし、あたしに任せろ、鍵！　会長さんと知弦《ちづる》さんには、あたしから説明してやるからな！　それが、今のあたしに出来る、唯一《ゆいいつ》のことだぜ！

あたしはトントンと机《つくえ》を叩いて知弦さんを呼《よ》ぶと、口パクで言葉を伝えた。

「(知弦さん。鍵は、覚悟を決めたみたいだぜ)」

知弦視点

「(知弦さん。鍵は、覚悟を決めたみたいだぜ)」

深夏の唇《くちびる》を読むと、そう言っているみたい。ほぼ間違《まちが》いないでしょう。私は一応唇が読める。ましてや、この近距離《きんきょり》では間違えようもないというものね。

でも、意味が分からなかった。今日はアイコンタクトも今ひとつ機能しない。あれは、お互《たが》いにある程度共通認識《にんしき》を持っている状況でなければ、正確に意思疎通《いしそつう》を図《はか》るのが難《むずか》しいから。今深夏の瞳から伝わってくる感情と言えば……「感動」？　余計《よけい》意味が分からないわ。

深夏は、なぜか微笑《ほほえ》みかけてきた。

「(温《あたた》かく、見送ってやろうぜ。な?)」

……さっきから何を言っているのだろう、この子は。こんなことなら、キー君や姉妹の会話を最初から見ておけば良かったわ。

でも……深夏、なんか感極《かんきわ》まっているし。今更訊《いまさらたず》ね辛《づら》いわね……。仕方ない、ちょっと推理しましょうか。

どうやら、キー君がなんらかの覚悟を決めて。そして、深夏は感動して、見送ってあげるつもりらしい。真冬ちゃんもまた瞳を潤《うる》ませて……。

「っ！」

私は、超《ちょう》推理の末《すえ》たどり着いた驚愕《きょうがく》の事実に、思わず声をあげそうになってしまった。

（キー君……まさか、ガンなの⁉）

やってくる別れ。覚悟。温かく見送る決意。つまり、死期をある程度予想出来る病気。これらの情報を総合すると、残念だけどその結論にならざるをえない。

しかし、やはりまさかと思い、確認のためにもキー君の方を見る。

（あ、あの表情は……）

私は、そのあまりに清々《すがすが》しい、何かを成し遂《と》げた人だけが醸《かも》し出す悟《さと》った表情に圧倒《あっとう》された。……間違いないわ。キー君……余命《よめい》を、受け入れたんだわ。

私は胸に去来《きょらい》する切《せつ》なすぎる想《おも》いを無理矢理飲み込み……涙を見せないようにしながら、深夏に返す。

「（わかったわ、深夏。そうよね。笑顔で送ってあげてこそ、私達よね）」

「（こくり）」

一発で意思が伝わったようだ。深夏は、深く頷《うなず》く。

でも……それでも……キー君……。……ううん、泣いちゃいけない。泣いちゃいけないわ、紅葉《あかば》知弦。一番辛《つら》いのは、キー君本人なのだから。

見れば、深夏も真冬ちゃんも、なんだか吹《ふ》っ切れた表情をしている。そう……キー君だけじゃなく、二人とも、もう、覚悟を決めたのね。だったら先輩《せんぱい》である私が取り乱せる道理はないわね。

（でも――）

私は隣《となり》で暢気《のんき》に作業を続けるアカちゃんを見る。この子は、まだこの事実を……。

ふと気付くと、深夏がアカちゃんを呼《よ》ぼうとしている。私はそれを手で制する。

「（深夏。ここは、私に任《まか》せてくれないかしら？）」

「！……（こくり）」

どうやら意思が伝わったようだ。深夏は引き下がると、キー君の肩に手を置き、彼を柔《やわ》らかな瞳で見つめる。

うん……私も、自分の役割、果たさないといけないわね。せめて、こういう悲しい告知は、私にも手伝わせてほしい。アカちゃんは私に任せて、キー君。

私は覚悟を決めると、アカちゃんの肩を叩《たた》いた。

くりむ視点

なんか知弦が肩に手を置いてきた。ふと見ると……。

「？」

びっくり！　知弦が、かつてないほど真剣な表情だよ！　私は声をあげそうになっちゃったけど、今日は自分で「会話禁止」にしたことを思い出して、ギリギリで堪《こら》えた。

あ、あぶないあぶない。

普段《ふだん》は変なことばっかり喋《しゃべ》っちゃうから、いっそ喋らなければ仕事が凄《すご》く捗《はかど》ると、私は思ったんだよ。……でも実は、もうちょっと飽《あ》きていることは、みんなにはナイショ。

私が首を傾《かし》げていると、知弦は、なぜかもう片方の手も私の肩に置いて……ガッチリと、私を見つめてきた。

な、なんか、ドキドキしちゃうよ……。顔、近いよぅ、知弦。

「○○○」

「？」

なんか言ってる。声にしないけど、口パクで伝えてきてくれている。でも、全然分からない。皆《みんな》はさっきから、口の動きでそこそこ予想出来ているみたいだけれど……私は、ホント、全然分からないんだよ。四文字ぐらいかな？　分かるのは、それだけ。

ただ、今のは雰囲気《ふんいき》的に呼びかけられた気はするよ。「アカちゃん」って。

ちょっと待っていると、知弦は言葉を続けてきた。

「○○○○、○○○○○○○○○○○、○○○──」

だから、なに言ってるの？　なんか感極《かんきわ》まった様子で、長いこと喋っているよ、この親友。ええと、推理《すいり》しなきゃ……。

…………。

面倒臭《めんどうくさ》いなぁ、もう！　誰《だれ》よ！　今日喋っちゃ駄目《だめ》って決めた人！　まったく！　おかげで、仕事が全然捗らないね！　悪法だよ、悪法！

もういいや！　考えるの面倒臭いから、テキトーに返しちゃえ！

「(了解《りょうかい》よ、知弦！　私も頑張《がんば》る！)」

口パクでそう伝えて、瞳《ひとみ》に強い意志を宿《やど》らせてみる。……ま、まあ、大体の言葉には、これで対応出来るでしょう、うん。

「！」

あれ？　なんか知弦、目に涙《なみだ》をためて、口を押さえてしまったわ。わわ、なんで急に私を抱《だ》きしめるの？　え？　なんかぽんぽんと背中を叩いてくれているし。言葉は伝わってこないけど、「この子ったら、成長して……」的な親の愛情みたいなのを感じるよ。ええと……なんだかよく分からないけど、褒《ほ》められている気がするし、受け入れておこう。うむうむ。

私は知弦のハグを抜《ぬ》け出すと、ニコッと、彼女に微笑《ほほえ》んでみた。すると……。

「うっ」

「（えぇっ⁉）」

知弦、なんか声を漏《も》らして泣き始めちゃったよ！　ま、まずい……事態《じたい》に全《まった》くついていけてないよ、これは。

知弦は温《あたた》かい涙を流すばかりで話にならない。仕方ない……。どうせ、全《すべ》ての原因はいつものように、アホ副会長でしょう。

私は杉崎の肩をつつく。こちらを振《ふ》り向いた彼は、なぜか満ち足《た》りた表情をしていた。

……な、なんなの、この生徒会。

「（なにが、あったの？）」

あんまり長い文章だと伝わり辛《づら》いと学《まな》んだ偉大《いだい》で賢明《けんめい》な私は、端的《たんてき》に訊《たず》ねる。

杉崎は、どうやら理解してくれたらしく、ふっと似合《にあ》わないニヒルな笑《え》みを浮《う》かべると、なぜかぱちんとウィンクしてきた。き……きもちわる――――い！

「(な、なんなのよ！)」

私の問いにも、杉崎はただただ、ラスボスを倒《たお》し終えた後の主人公のように、清々《すがすが》しい顔を見せるばかり。……どうしよう、この副会長。そろそろ本当に病院行くべきなんじゃないかしら。

よく考えれば、最初から、普段《ふだん》でさえ意味不明な男とコミュニケーションをとろうと思ったことが間違っていたのだ。ここは、もう一人の、まともな副会長の方に話を聞こうっと。

私はとんとんと机《つくえ》を叩いて、深夏をこちらに向かせる。

彼女は……なんか、無駄《むだ》にいい顔をしていた。杉崎とはちょっと違うけど……なんだろう。「あたし、一段階成長しました」みたいな顔だ。学園モノのドラマで言うところの、問題解決したあとの生徒みたいな風格《ふうかく》だ。なにその、悟《さと》った感じ。ちょっとイラッとくるわ。勝手に上位存在になられた感じだよ。

と、とにかく、質問！

「(なにが、あったの？)」

大きく口を開いて、伝える。私の言葉は口パクでも分かりやすいようだ。深夏は「(あ……)」みたいな様子で天井《てんじょう》を見上げながら、なんだか聖母様《マリア》みたいな顔で、私に微笑《ほほえ》んできた。

そして……口を開かぬという規則《きそく》は守ったまま、驚《おどろ》くべき行動に出る。

「ふふん～ふふん～ふふん～ふふ～」

「(鼻歌《はなうた》⁉　なんで⁉　しかも、『仰《あお》げば尊《とうと》し』！　どういう心境《しんきょう》⁉)」

私の疑問には全く答えず、深夏はただただ鼻歌を、満足そうに続けている。……だ、駄《だ》目《め》だ、この子……。私の知らないうちに、壊《こわ》れてたんだ……。

そ、そうだ！　もうこうなったら、真冬ちゃんしかいないよ！　彼女は元々駄目な子だけど、それだけに、この状況《じょうきょう》でも変わらずいてくれるはず！　理解できないことは、ないはずだよ！

私は最後の希望を託《たく》して、真冬ちゃんにコンタクトをとる。他の人と違って、一人、ちゃんと作業をしていた真冬ちゃんは、普通の様子で私の方を向いてくれた。

「(なにが、あったの?)」

「?」

真冬ちゃんが首を傾《かし》げている。ああ……この子は、ちょっとまともだ！　質問には答えてくれてないけど、今の私には、それで充分だよ！　仲間だ！　仲間だぁー！

「（なんでもない）」

「？」

私は満足したので、もう話題を切り上げて、作業に戻《もど》ろうと――

〈トントン〉

ふと、真冬ちゃんが机を叩《たた》いてきた。なにかと思って、そちらの方を見ると……。

真冬ちゃんが、なぜか自分の頭を指さしていた。

「？」

私がぽかんとしていると、真冬ちゃんは意味不明のジェスチャーを始める。

頭。自分の頭。私の頭。……わしゃわしゃ！　わしゃわしゃわしゃわしゃ！　ざばー。

スッキリした表情。杉崎を指さし、自分を指さし、笑顔！　親指、ぐっ！

「………………」

あわわわわわ！　こ、怖《こわ》いぃいいいいいいい！　な、なにこの子！　なに⁉　なんなの⁉　なんの儀式《ぎしき》⁉　やっぱりこの子も、まともじゃなかったんだ！

気がつけば、生徒会中がおかしい。なんなの。なんだというの！　この、喋《しゃべ》らなかった数分の間に、生徒会室で何があったというの！

ハッと脳裏《のうり》によぎる、あるテレビドラマ。暗闇《くらやみ》に佇《たたず》むタ○リさん。奇妙《きみょう》な世界の扉《とびら》は、いつも私達の傍《そば》に――ああっ！　そういうことなの⁉

私はあまりの恐怖《きょうふ》に、親友の肩を揺《ゆ》らした。

ねえ、知弦！　知弦ぅ！　助けてよ、皆、なんか今日はおかし――。

って、ああ！　こっちはこっちで、まだなんか泣いてるし！　どうしたのよ！　どうしちゃったのよ、知弦！　普段《ふだん》の黒くて冷静な知弦は、どこにいっちゃったのよ！　なにがあったら、そんなにキャラが変わっちゃうのよぅ！

って、な、なに！　なんで私を抱《だ》きしめるの！　なんでいいこいいこするの！　その全《すべ》ての謎《なぞ》を包《つつ》み込《こ》むような態度、逆にイヤだよ！

知弦の拘束《こうそく》を抜《ぬ》けて、杉崎の肩に手をかける。ねえ、杉崎！　ハーレムの主《あるじ》なんでしょ！　私が困ってたら、ちゃんと力になってよ――って、だから、なんで貴方《あなた》はさっきからエピローグモードなの⁉　全身から「俺、やったった」感がバリバリ出てるの⁉　事件はまだ進行中だよ！　助けてよ！　助けてよ、杉崎！……いやいや、頭撫《な》でなくていいから！　ああ、もう、なんなのこの甲斐性《かいしょう》なし！

深夏！　深夏！　鼻歌はアレだけど、貴女《あなた》はいつも常識人《じょうしき》だよね！　ねえ、お願い！　お願いだから、私を助け――って、なんでノートに音符《おんぷ》書いてるの!?　作曲!?　作曲活動中!?　なんで!?　どういう動機で、このタイミングのその活動!?　あわ、あわわわわ……

駄目だ、深夏は、もう、駄目だぁ――――――――――！

ま、真冬ちゃん！　真冬ちゃん！　意味不明の儀式は気持ち悪かったけど、貴女だけは、私の言葉をちゃんと受け取ってくれてたはず！　よし、今度こそ！

「(真冬ちゃん！)」

「(はい？)」

っ、通じてる！　彼女だけはやっぱり、言葉が通じてるよ！

私は、瞳《ひとみ》にめいっぱい感情を宿《やど》らせて、助けを求めた。

「(もう、私、どうしたらいいの！)」

「！」

どうやら、私の言葉は彼女に伝わってくれたみたいだ。真冬ちゃんは、こくりと力強く頷《うなず》いてくれた。……ま、真冬ちゃん！　貴女は、やっぱりマトモ――

頭。ごしごし。頭。ごしごし。ざばーん。頭。ごしごし。頭。ごしごし。ざばーん。

…………。

ニヤリ。

「いやぁあああああああああああああああああああああああああああ！」

私はあまりの恐怖《きょうふ》に、遂《つい》に、生徒会室から駆《か》けだした！

杉崎視点

「し、しまった！」

会長が急に叫《さけ》びだし、パニクった様子で生徒会室を出て行ってしまった！

俺は、すぐに悟《さと》ったね。

これは、呪《のろ》いの扇《おうぎ》の影響《えいきょう》だと！　呪いの扇は、まだ、活動を停止していなかったんだ！

ホラー映画にはよくあること！

「ちいっ！　俺としたことが、油断《ゆだん》したぜ！」

俺は舌打《したう》ちすると、呪いの扇への闘争心《とうそうしん》を燃やし、彼女を追って校内へと駆けだした！

深夏視点

「会長さんっ！」

あたしはバカだ。なんで会長さんの気持ちに気付いてやれなかったんだ。

そうだよな。ここまで皆一緒《みんないっしょ》にやってきたんだもんな。会長さんは、この生徒会をバンドと見立てた時、リーダーやボーカルたる存在。そりゃ……そうすぐ素直《すなお》に、鍵のソロ活動を認められねぇか。

それをあたしは……鍵への手向《たむ》けの新曲を作ってみたりなんかして……。

く、会長さん！ あたしが悪かった！ あたし達はやっぱり……五人揃《そろ》ってこその生徒会……いや、バンドだったんだ！

あたしは胸にロック魂《だましい》を宿しながら、会長さんを追いかけて、校内へと駆けだした。

真冬視点

「そんなに慌《あわ》てなくても大丈夫《だいじょうぶ》ですよ！」

失敗してしまいました。真冬、会長さんにも頭皮《とうひ》ケアの重要性を伝えたかっただけなのですが……失念してました。彼女は、影響《えいきょう》されやすい人なのです。真冬の、あまりにうまいジェスチャーによって、彼女は、自分の頭皮に著《いちじる》しい危機感を抱《いだ》いてしまったのでしょう。それで、いてもたってもいられなくなり……あんな風に、叫んで逃《に》げて。

「会長さん！　真冬も……真冬も、一緒に新しいシャンプーを探《さが》します！」

真冬は責任感を胸に、校内へと駆けだしました！

知弦視点

「アカちゃん……。……うぅ」

やっぱりあの子には、キー君の死という現実は重たすぎたのよ。どうして分かってやれなかったの、紅葉知弦！　あの子の心を……こんなにも傷つけてしまうなんて。

ごめんね、アカちゃん。アカちゃん。

ふと見ると、キー君が、アカちゃんを追って駆けだしていた。

き、キー君！　貴方《あなた》……ガンの体だというのに、あの子のために、なんの躊躇《ためら》いもなく全力で走りだすなんて……。

ふ……負けたわ。私も、こんなところでのんびりなんて、していられないわね。

「二人とも、待って！」

私は愛する人々の幸福《こうふく》を願いながら、校内へと駆けだした！

＊

碧陽《へきよう》学園新聞　号外

昨日夕方《さくじつ》、生徒会役員五名が唐突《とうとつ》に校内を荒《あ》らし回るという事件が発生した。

以下に、その状況を列記する。

・桜野くりむ氏、他の役員に対し、錯乱《さくらん》した様子で本やチョークを投げつける。

・杉崎鍵氏、呪《のろ》いがどうとか喚《わめ》きながら、校内の扇形《おうぎがた》の物品をことごとく破壊《はかい》。

・椎名《しいな》深夏氏、軽音部《けいおんぶ》からギターを略奪《りゃくだつ》、かきならしながら校内を走り回る。

・椎名真冬氏、どこからか大量のシャンプーを持ち込《こ》み、不気味な配布《はいふ》活動を開始。

・紅葉知弦氏、唐突に放送室を乗っ取り、全校放送で生徒達へと命の尊《とうと》さを語り出す。

これらの事件に関して、学園では未《いま》だに原因を摑《つか》み切れていないという。我々《われわれ》新聞部の情報網《じょうほうもう》をもってしても、事件の背景《はいけい》はまるで見えてこないという異常ぶりである。関係者筋《すじ》によると、役員は全員バラバラの証言をしているとのこと。一体彼女らに、何があったというのだろうか。

前代未聞《みもん》の集団暴走事件。

教職員一同及《およ》び新聞部は、今後も全力でこの事件を追いかけていく方針《ほうしん》だ。

【第四話〜抗《あらが》う生徒会〜】

「大切なモノを守るためには、時には闘争《とうそう》も必要なのよ！」

会長がいつものように小さな胸《むね》を張ってなにかの本の受け売りを偉《えら》そうに語っていた。

そのまま机《つくえ》に自分の生徒手帳を叩《たた》きつける。

「大人《おとな》の敷《し》いたレールの上は歩きたくない！　それが私達生徒会！」

なんか勝手に俺《おれ》達の意見にされていた。まあ……五彩《ごさい》の最終話あたりで、俺もそんなようなこと書いたけどさ。

「ということで、そろそろ、校則《こうそく》の改革《かいかく》にまで踏《ふ》み込《こ》んでみようと思うの！」

会長はそう宣言したと思ったら、ホワイトボードに「校則変える！」と大きく書く。

……会長以外全員の顔がみるみるやる気を失っていく。

顔がツヤツヤとしたエネルギッシュな会長に、知弦《ちづる》さんが意見する。

「アカちゃん。いくらうちの学校は生徒会の力が強いと言っても、校則は流石《さすが》に……」

「なに言ってるの、知弦！　変えようとしなければ、なにも変わらないんだよ！　時に民衆は戦争を起こしてでも、立ち上がるべき時があるんだよ！」

「それ、今じゃないと思うけど……」

そう。実際、会長以外誰《だれ》も、今の校則にそれほど文句《もんく》が無い。一般《いっぱん》生徒達も同様だろう。大体満足しているからこそ、今のこの校風があるんだろうし。高校生にもなれば、下手《へ》に緩《ゆる》めすぎれば逆に駄目《だめ》になることとぐらい、誰だって知っている。つまり、今がかなりいいバランスなのだ。少なくとも闘争を伴《ともな》う改革を必要とは、誰もしていない。

しかし会長は、体中にやる気を漲《みなぎ》らせていた。

「否《いな》！　この世界は間違《まちが》っている！　今こそ私は立ち上がろう！　悲劇のない、誰もが幸《こう》福《ふく》な世界を作るために！　たとえ多少の犠《ぎ》牲《せい》を伴ったとしてもだ！」

「おお、会長さんがラスボスみたいなこと言い出したぜ！　かっけー！」

深《み》夏《なつ》がなぜかぱちぱちと拍手《はくしゅ》していた。会長は「やあやあ」とそれに応《こた》えている。……なんだこれ。

真《ま》冬《ふゆ》ちゃんが、苦笑《にがわら》いを浮《う》かべながら二人を窘《たしな》める。

「確かにラスボスです……。でもそういうこと言い出す人って、大抵《たいてい》、ゲームでも主人公達にやられちゃいますよね……。つまり、間違っているんじゃ……」

「甘《あま》いわね、真冬ちゃん！　私はRPGあまり知らないけど、そういうのは主人公が間違ってるんだよ！　私は、平和な世界を作るためだったら、ヒロインを人柱《ひとばしら》にするぐらいは平気でやる女だよ！」

「完全に悪役《あくやく》ですー！」

「悪じゃないよ！　本当はそれこそ正義なんだよ！　小を犠牲にして大を救う精神、私は嫌《きら》いじゃない！」

「ああ……会長さんから、淘汰《とうた》されてしまいそうなオーラがビシビシ出ています……」

「校則変えるためなら、生徒の一人二人、やっちゃうよ」

「ええ⁉」

「ふふふ……校則変更《へんこう》反対派の生徒は、闇夜《やみよ》で物陰《ものかげ》からグシャッと……」

「ご、ごくり……」

「トマトを投げつけちゃうぐらいは、しちゃうんだよ！　一人トマト祭《まつ》りだよ！」

「そ、そこまでの覚悟《かくご》を決めているとは……」

真冬ちゃんがごくりと生唾《なまつば》を飲み込んでいた。……なんで圧倒《あっとう》されているんだろう、この子は。

仕方ないので、俺も会長に意見してみる。

「でも、別に今のままで不自由してないじゃないッスか」

「甘いよ、杉崎《すぎさき》！　わたあめにタバスコとケチャップかけて、わさびをつけて、マスタードを塗《ぬ》りたくったものにハバネロパウダーとレモン汁《じる》をかけたヤツを一旦《いったんす》捨てて、それはそうと新しいわたあめを頬張《ほおば》った時の口内ぐらい、甘いよ！」

「今二行ほど無駄《むだ》に使いましたよね、六巻」

「私には変えたい校則が、沢山《たくさん》あるもん！」

「そうなんですか？　例《たと》えば？」

「ふむ。そうねぇ」

会長は机の上の手帳を拾《ひろ》うと、パラパラ校則を確認し始める。そして——

「例えば、これよ！」

会長はそう言いながら、手帳を机に広げ、その校則を指さす。学園生活の心得《こころえ》という項《こう》目《もく》の一つだ。とりあえず全員でそれを、どれどれと覗《のぞ》き込む。

・授業以外で学園の施《し》設《せつ》を使用する場合は、関係職員の許可《きょか》を得ること

「？　なにが気に食わないかしら？」

知弦さんが首を傾《かし》げる。他のメンバーも同様の反応《はんのう》だった。こんなの、当然のことだ。別に文句《もんく》を言うような規則ではない。

しかし、会長はなぜか憤慨《ふんがい》していた。「まったく」と腕《うで》を組んで、語気を荒《あら》げて告げる。

「これじゃあ、秘密基地《きち》が作れないよ！」

「作っちゃ駄目ですよ！」

即座《そくざ》にツッコム。が、会長は俺をギンと睨《にら》み付けて来た。

「普通《ふつう》高校生なら作りたいじゃない、秘密基地！」

「いや小学生なら分かりますけど！　作るにしても、校内じゃなくていいでしょう！」

「屋外に秘密基地を作るなんてままごとは、小学校で卒業したよ！　高校生なら、校舎《こうしゃ》内に自分だけの上質なプライベート空間を作りたいよ。電気水道ガス完備《かんび》の」

「だから、駄目に決まっているでしょう、そんなの！」

「今はね。だから、変えるの。私が。この規則を！」

「いやいやいや、変えちゃ駄目ですから！」

「なんでよ。生徒皆《みんな》ハッピーじゃない」

「生徒皆秘密基地作り出したら、校舎足《た》りないでしょう！」

「だから会長に就任《しゅうにん》した時、私は敷地《しきち》面積を広くしようって提案したんだよ」

「そこまでして秘密基地作る意味あります⁉　というか、電気水道ガスが欲しいなら、普通に寮《りょう》を作ればいいだけじゃ……」

「……杉崎にはガッカリだよ」

会長はやれやれと手のひらを上に向ける。……は、腹立つな、このお子様会長。

「住居《じゅうきょ》じゃなくて、秘密基地が欲しいの、私は！　このロマンが分からないの⁉」

「言っていることは完全に子供のワガママですよねぇ⁉」

「……とにかく。このように、この学校の規則は、生徒を縛《しば》り付けてしまっていると思うの！」

「いや縛られてるの会長だけですから！　むしろ、自分から絡《から》まって行っているだけですから！」

「そんなわけで、皆もバンバン意見を出していこう！」

「そんなの誰も出すわけ――って、あれ？」

なんかさっきから俺しかツッコミをしていない。それに気が付いて周囲を見渡すと……

メンバー達の様子がおかしいことに気がついた。

「アカちゃんの言う通り……私も、確かに少し変えた方がいいと思う規則が……」

「あたしも……そういうことなら、少し意見が……」

「真冬、考えてみたら、色々変えて欲しいことあるかもしれません……」

「み、皆!?」

皆の目がおかしい。……やばい。あれは、欲望《よくぼう》にとりつかれた人間の目だ。俺自身、性欲に走っている時はああいう目な気がする。まずい。

しかし、俺の危惧《きぐ》を余所《よそ》に……会議は、勝手に進行を始めてしまった。

「ふふふ。皆も沢山《たくさん》、文句があるようだね。じゃあ……よし、深夏から行ってみようか」

「分かったぜ、会長さん」

ああっ！　深夏が会長にノせられてしまっている！　く……こうなったら、俺だけでも、生徒会の良心として機能しなければ！

俺は断固として「規則変えない派《は》」として、皆の前に立ちはだかる！

「深夏！　目を覚《さ》ませ！　お前まで、一体今の規則の何が不満だと言うんだ！」

「……鍵《けん》。あたしが不満なのはな……これだよ、これ」

そう言って、深夏が指さす項目を見る。どれどれ……。

・自動二輪《りん》、原付《げんつき》自転車、軽自動車、普通自動車による通学は禁止する

「？　なんだよ。これも、普通の規則じゃないか――」

「これじゃあ、仮面ラ○ダーの皆《みな》さんが入学出来ねぇだろうが！」

「なんの心配だよ！」

深夏のあまりの意味の分からなさに、俺は彼女の肩《かた》をガッと摑《つか》む！

「しっかりしろ、深夏！　ライ○ーさんは、実際にはいないんだ！」

「お前こそしっかりしろよ、鍵。仮面○イダーが実在しないなんて、誰《だれ》が調べた」

「調べるまでもねぇことだよ！　あれは創作《そうさく》！　石《いし》○森章太郎《もりしょうたろう》さんの創作！」

「本当にそうだろうか。生徒会みたいに、ドキュメンタリーの可能性も否定できまい」

「出来るよ！」

「……じゃあお前は、子供の頃《ころ》、変身ベルトのおもちゃで遊んだことがないと？」

「う……それは、あるけど」

「ほらみろ。それは変身出来る可能性を、信じていたからだろう！　人は常《つね》にか○はめ波《は》を練習し、舞空術《ぶくうじゅつ》を試《ため》し、異世界《いせかい》への扉《とびら》を夢見て、ライダ○への変身を信じる！」

「お前の言う『人』の定義、おかしくね!?」

「平成○イダーの中には、改造どころか、『修行《しゅぎょう》したらラ○ダーになれる』という理論を打ち出したライ○ーまであるんだぞ！　なんて夢のある設定だろう！」

「や、だから、それは実際の理論じゃなくて、あくまで創作――」

「そして最近のライダ○さんは若い！　うちの学校に通《かよ》いたい○イダーさんも、絶対にいるはずなんだ！」

「いないと思うけど……そもそもラ○ダーが」

「まあ、電○は電車通学で問題ないけどな」

「デン○イナーでの登校も、出来れば勘弁《かんべん》して貰《もら》えませんかねぇ！」

しかし確かに現状の校則では対応できない。デ○ライナー……恐《おそ》るべし。

「仮面ライ○ーのことだけじゃねぇ。他にもこの規則を見直す理由は、ある」

「？　なんだよ」

「頭文字《イニシャル》がDの人も登校出来ない！」

「させねぇよ!?　普通の安全運転でさえないじゃん！　あれ許可したら、なんでもアリじやん！」

「おいおい、鍵……生徒を差別かよ。変わったな、お前」

「ええっ⁉　俺の方が悪役の構図ですか⁉」

「世の中には、峠《とうげ》をドリフトしてからじゃないと登校出来ない生徒も、いるかもしれねーだろうが！」

「どういう状況《じょうきょう》なんだよ、それ！　ドリフト絶対いらねぇだろ！」

「お前の物差しで全《すべ》てを測《はか》ろうとするんじゃねぇ」

「お前の物差しの方がやべぇよ！　とにかく、仮面つけた○イダーさんや頭文字がＤの人のことは、考慮《こうりょ》する必要はねーよ！」

「……想像力の貧《まず》しいヤツって、悲しいな」

「俺はむしろお前の異常な発想力が悲しいよ」

俺の必死の説得に、深夏は渋々《しぶしぶ》だが、引き下がってくれた。俺は深夏から視線を外《はず》し、椅子《いす》に背を預《あず》け、ふうと息を吐《は》く。

しかし、そうしていると、「おい、鍵」と再び深夏が声をかけてきた。

「これをお前は、どう思う？」

「は？　なんだよ……」

深夏に生徒手帳を突《つ》きつけられる。そこには……。
・男女ともに高校生にふさわしい髪型《かみがた》が望ましい。男子の長髪《ちょうはつ》は原則《げんそく》として禁止
「なんだよ。頭髪《とうはつ》に関して、うちはかなり緩《ゆる》いほうだろ、これ――」

「これでは、セフィ○スが入学出来ないと思うんだが……」

「ここはミ○ドガルじゃねえから！　いいよ、その配慮《はいりよ》！」

「だが、もしもの時のために、この規則は変えておくべきじゃ――」

「ねぇよ！　もしいたとしても、入学されたくねぇし！　あんな長い刀振《かたなふ》り回して……」

「お前、セ○ィロスを馬鹿《ばか》にすんなよ！　メッチャ強《つえ》ぇんだぞ！」

「むしろ強いからイヤなんだがっ！　そしてそれと入学許可とは、別の話だよ！」

「く……。しかし、彼だけじゃない。これだと、獣《けもの》の槍《やり》を持ったう○おも入学出来ないと
いうことにならないか？」

「だから、それになんの問題が……」

「更に、魔族《まぞく》の血に目ざめた浦《うら》○幽助《ゆうすけ》の入学まで拒否《きょひ》ることになるぞ、おい」

「だから、なんなんだよ」

「……鍵。お前はみすみす、このチャンスを逃《のが》すと？」

「だから、なんのチャンスなんだよ！　お前は現実と創作の見境《みさかい》もつかないのかよ！」

「人間、信じることをやめたら、そこでゲームオーバーなんだぞ、鍵！」

「なんでこの場面でそんな熱いセリフ使っちゃうんだよ！　人間、なんでもかんでも信じちゃいけないと思うんだがっ！　実際それらだって、巻末《かんまつ》とかにフィクションだって書いてあるだろう！」

「作者がそう思っているだけかもしれねーだろ！」

「じゃあもうお前に言えることは何もねぇよ！」

　ということで、もう深夏に関しては諦《あきら》めることにした。なんかブツブツ文句《もんく》を言っているが、無視無視。これ以上はもう、流石《さすが》に付き合ってられない。

　俺は机《つくえ》に肘《ひじ》をついて項垂《うなだ》れつつ、次へと話を振《ふ》る。

「はぁ……。じゃあ、ええと、真冬ちゃんは、校則のなにに文句があるの？」

　俺の問いに、真冬ちゃんは身を乗り出して答えてくる。

「真冬、ゲームやコミックを全面解禁《かいきん》にしてほしいです！」

「うっわ、なんかキャラクター通りの発言だね」

「真冬だけじゃなくて、他の生徒も望んでいることだと思います」

「いや、まあ、そうだけど……。実際、校則では禁じられているけど、最近じゃあ、あって無いようなルールじゃないか。ケータイもそうだけど、『授業中にやったり、他人に迷《めい》惑《わく》をかけない限りは、黙認《もくにん》』みたいな空気だろ。それじゃ不満？」

「不満です！　真冬は、堂々と、ゲームしてコミックを読みたいのです！　学校で」

「真冬ちゃん。人はそれを、駄目《だめ》人間と言うのだと思うよ」

「なにを言うのです、先輩《せんぱい》！　ゲームやコミックから学ぶことは、沢山《たくさん》あるんですよ！」

「規則正しい学校生活や授業から学ぶことも沢山あると思うけど」

「……エロゲマスターたる先輩が、そういうことを言いますか」

それを言われると痛い。

「でも、学校でやってるわけじゃないからね、俺は」

「じゃあ訊《き》きますけど、学校でゲームをやったりすることの、何がいけないんですかっ！」

「折角《せっかく》学校来てるんだから、友達とコミュニケーションとったりしようよ」

「モン○ンやります」

「う」

そりゃ確かにコミュニケーションとれるけどさ。

「こ、コミック読んでいる時は、完全に一人の世界だろう。それは寂《さび》しいんじゃ……」

「読書がいけないことですか。じゃあ、図書室の存在意義って、なんですかっ！」

「う、うぅ。……いや、小説はね。ほら、頭良くなりそうだし……」

「小説が……頭良くなりそう……ですか。ふっ」

「何を笑って——」

「『生徒会の一存』」

「ごめんなさい」

一瞬《いっしゅん》で頭を下げた。他のメンバーが、なぜか白々《しらじら》しく目を逸《そ》らしている。……俺達の本って、なんなんだろうね……。

「小説が良くて、漫画が駄目なんて、そんな道理はないハズです」

「く……。俺もそうだけど、オタク趣味《しゅみ》の人のロジックって、微妙《びみょう》に理屈《りくつ》通っちゃってること多いから、厄介《やっかい》なんだよな……」

「ほらほら、先輩。ゲームとBLを認めちゃいましょうよ」

「ちょっと待て、なんでサラッと『コミック』のところを『BL』に置き換《か》えてるんだよ！」

「ちっ。……まあ、コミックでいいです。どうせBLもその中に含《ふく》まれるのですから」

「というか、現状でも皆コミック持って来てるじゃん。ゲームも然《しか》り。最初にも言ったけど、これ以上、真冬ちゃんは何を求めるのさ」

俺の質問に、真冬ちゃんは口元に笑《え》みを浮《う》かべる。

「碧陽《へきよう》学園生徒、総《そう》オタク化計画の発動です！」

「ああ……また、とてもこの生徒会の役員らしい発言を……」

「テストの成績《せいせき》がなんですかっ！　体育の実績《じっせき》がなんですかっ！　人の優劣《ゆうれつ》って、そんなことじゃないはずです！」

「お、ちょっといいこと言って――」

「人の優劣はゲームの腕と、サブカルチャー知識で決定されるべきなのです！」

「べきじゃねえよ！　なにその偏《かたよ》りまくった価値観《かちかん》！」

「そういう未来のために、まずは校則から少しずつ変えていくんです。休み時間にゲームをやっていても、それが普通の校風にするのです」

「なにその古舘《ふるたち》○知郎《ちろう》さんにバシバシ批判《ひはん》されそうな校風」

「授業にも、『アニメ学』『ゲーム学』『コミック学』『フィギュア学』というのを、取り入れていきます」

「碧陽アニメーション学院にでもなるんでしょうか」

「テストでは、『来期アニメの放映スケジュールを全て列記しなさい。ただし、放映地区は東京都とする。BS、CSも含《ふく》む』みたいな問題ばかり出ます」

「何を学ばせたいんだよ、この学園。将来、何になるんだよ、ここの生徒」

「優秀なニートを輩出《はいしゅつ》する名門校になれます」

「優秀なニートって何！　っていうか、この学校自体が、社会の病巣《びょうそう》みたいになってんじゃん！」

「あくまで、『趣味』を突《つ》き詰《つ》める学校ですからね。声優《せいゆう》になりたいとか、ゲーム作りたいとか、作家になりたい、漫画家《まんがか》になりたい……みたいな人はお断《ことわ》りです」

「この学園の存在意義って、なんなんだよ！」

「あと、校則を新しく作るとしたら、『楽しいこと第一！』ですね。誰かの好きな作品を無闇《むやみ》に批判して、他のファンの子を傷つけてしまったりすると、即退学《そくたいがく》です。オタクにはオタクの尊《とうと》いルールがあるのです。それを一般人《いっぱんじん》はもっと知るべきです！　この学校は、実際の暴力だけでなく、言葉の暴力も重視する校風なのです！」

「う……なんか、ちょっといい学校な気がしないでもない！」

「というわけで、先輩！　こういう方向に、ガシガシ校則を変えていきましょう！」

「……でも真冬ちゃん。そういえば、半年後には転校だったんじゃ……」

「…………」

「早急に動く必要がありそうです！」

「そういう結論になるんだね！　ある意味前向き！　だけど却下《きやつか》だから！」

「うぅ……先輩と真冬の間にある価値観の相違《そうい》は、なかなか乗り越《こ》えられませんね……」

真冬ちゃんはそう言って、ガックリと肩を落とす。……俺がどうこうというより、学園改造計画が失敗した方のショックだろう。……学園より、この子に改革《かいかく》が必要な気がびんびんする、今日この頃《ごろ》だ。

とりあえず、この流れで残りの知弦さんにも意見を聞いておくことにする。

「一応常識人の知弦さんまで、なにか校則変えたいんですか？」

「一応ってなによ、キー君。私はいつだって常識人よ。みくびらないでほしいわね」

知弦さんに睨《にら》まれてしまった。俺は少し焦《あせ》りながら、言い訳《わけ》をする。

「そ、そういうつもりは……。でも、どうせ知弦さんも、皆と同じように勝手なこと言うんでしょう？　ＳＭを許可するべき！　みたいな？」

俺のその発言に、知弦さんはどこか失望したように肩を竦《すく》めた。

「がっかりね、キー君。貴方《あなた》の私に対する認識《にんしき》って、そんな風だったなんて……」

「すいません。愛とキャラ認識は、別なんです」

「まったく。貴方の目は節穴《ふしあな》なのかしら。私、紅葉知弦はいつだって、常識人よ。貴方の物語の、正ヒロインを務《つと》めるに足《た》る女よ」

「いや、その発言は嬉《うれ》しいですが、どこをどう見れば正ヒロインのキャラなんですか」

「長い黒髪《くろかみ》だし」

「んー、それはちょっと前時代の正ヒロインな気がしますね。最近はピンクの髪の娘とかが、正ヒロインの気がします」

「それに優《やさ》しいでしょ、私」

「いや、まあ……本人に言われると抵抗《ていこう》ありますけど……そうですね。でも――」

「道端《みちばた》の捨《す》て犬に、私が傘《かさ》をあげて、自分は濡《ぬ》れて帰る場面をキー君が目撃《もくげき》したことで、キー君は私に惚《ほ》れたんですものね」

「そんな定番すぎる温《あたた》かい出会《であ》いエピソードはないです！」

「キー君の家の窓から、出入《ではい》りしてるし」

「うちのアパートの隣《となり》になにも建築物《けんちくぶつ》無いですけど!?　どういう能力者ヒロインですか!?」

『キー君。ほっぺにクリームついてるゾ♪　ぺろ』みたいなこと、沢山《たくさん》あったわよね」

「もう知弦さんの面影《おもかげ》が無いじゃないですか、その過去！……もういいです。正ヒロインでいいですから、とにかく、変えたい校則を教えて下さいよ」

「あら。ここからが、くすぐったくて発狂《はっきょう》しそうなエピソード満載《まんさい》の期間なのに」

「発狂するほどのラブコメを聞きたくはないです」

「仕方ないわね。でも、キー君。私だって、ドS精神で酷《ひど》いこと、惨《むご》いことばかり考えているわけではないのよ。私が変えたい校則は、これよ」

「？」

俺は、知弦さんが指《さ》した項目を、覗《のぞ》き込む。

・不必要な金銭は、持参しない

別に、あっても誰も困《こま》らなさそうな校則だ。意味が分からず知弦さんの方を見ると、彼女は、とても残念そうに嘆息《たんそく》していた。

「……取引が出来ないのよ……」

「何の⁉」

「どの程度から、駄目《だめ》なのかしら。アタッシュケース一杯《いっぱい》の万札は、許可して貰《もら》えるのかしら」

「だから、何に使うんですかっ、その金！　っていうかどの辺が常識人の望み⁉」

「普通、お金は自由に持って来たいじゃない」

「いや、知弦さんの『普通』の基準《きじゅん》がおかしいですから！」

「でもこの規則だと、必要なら持って来ていいのよね。だったら、アタッシュケース一杯の万札も、人命のために必要なのだから、いいのよね？」

「だから、なんの取引したいんですかっ！　それ、校則以前に、この国の法に引《ひ》っかかってやしませんか⁉」

「はぁ……鬱陶《うっとう》しいわぁ、この校則。『我《わ》が組織《そしき》』にとって」

「我が組織⁉　え⁉　ここにきて生徒会の一存シリーズに、新たな伏線《ふくせん》⁉」

「この校則があるせいで、『プロジェクト・ジェノサイド』が上手《うま》く進まないのよ」

「なんか壮大《そうだい》なこと企《たくら》んでいる割には、校則をちゃんと守る組織なんですね！」

「あ、ほら、あとこの校則なんかも、皆、変えて欲しいんじゃないかしら」

　そう言って、知弦さんはもう一つ校則を指さす。

・ペットや昆虫《こんちゅう》など、生き物を持ち込まないこと

「……折角《せっかく》、ワシントン条約をすり抜《ぬ》けて来たっていうのに……」

「学園になに持ち込む気ですかっ！　っていうか、校則より条約の方を守って下さい！」

「学園の皆も、可愛《かわい》いペットとか、学園に連れて来たいのじゃないかしら。私はそんな動物愛護《あいご》精神溢《あふ》れる生徒達を思って、この校則の変更《へんこう》を要求しているのよ、キー君」

「いや、絶対違うでしょう！　絶対『我が組織』の目的のためでしょ⁉」

「正ヒロインの優しさを持っている私は、うちの貴重《きちょう》で可愛いペットを皆に見せてあげたいだけなの。純粋《じゅんすい》な望みなのよ、キー君」

「そうなんですか？　でも知弦さんの飼《か》っているペットって……」

「ギリシャ出身の、『ペガくん』『キマイちゃん』『ケルベロっち』あたりを……」

「全部神話《しんわ》の生物っぽいですよねぇ⁉　ワシントン条約どころか、物理《ぶつり》法則《ほうそく》にひっかかりそうな域《いき》の話ですよねぇ⁉」

「あら。でもペット禁止って……アカちゃんやキー君は登校出来てるのにね」

『俺（私）達ペット扱《あつか》い⁉』

衝撃《しょうげき》の事実発覚！　俺達にだけあだ名あるのは、ペガくん達と同列という意味だったの

か！

「あ、違うわよ、キー君」

「？　なにがですか？」

「アカちゃんは確かにペットの方だけど、キー君が含《ふく》まれるのは……」

そう言われて、校則を思い出す。……ペットや、『昆虫』などの生き物を持ち込まないこと……。

「俺、虫ケラ扱いぃ――!?」

「キー君が校内に入り込《こ》んでいるのだから、ケルベロっちを連れて来ても、いいわよね」

「いや駄目ですよ！　なんで校内に地獄《じごく》の番犬連れ込もうとしてるんですか！」

「可愛いのよ。頭が三つあってね。ぐるるる、ぐるるると可愛い鳴き声でね。大好物《だいこうぶつ》は、生肉なの」

「生徒大パニックですよ！　碧陽学園、阿鼻叫喚《あびきょうかん》ですよ！　地獄絵図ですよ！」

「あ、生き物じゃなければいいのよね、この校則」

「？　生き物じゃない？　だったら、ペットもなにも……」

「じゃあ明日《あす》早速《さっそく》、自作の土人形『ゴーレムたん』を――」

「連れてこないで下さい！」

「やぁねぇ、キー君。大丈夫《だいじょうぶ》、生き物じゃないから。土をちょっとこねこねしただけだから。デコったケータイを持ってくるのと、同じ感覚よね」

「そんなスナック感覚でゴーレム連れ歩かれてたまりますかっ！」

「なんて厳《きび》しい校則なのかしら。これは即刻《そっこく》変えるべきよ」

「むしろもっと厳しくしておくべきだと感じましたけど！」

「知弦からのお願いもきゅ」

「うぐ！　いきなりの語尾《ごび》攻撃とは卑怯《ひきょう》なっ！」

やばい！　許せる！　なんか今なら許せてしまうぞ、俺は！　でも耐《た》えるんだ！　頑張《がんば》って、耐えるんだ、俺！　碧陽学園を魔窟《まくつ》にしないためにも！

「ふぅ……正ヒロインっぽい無垢《むく》な善意で、もっと面白《おもしろ》い学園生活にしてあげようと思っただけなのに」

「どこが無垢ですかっ！　世の正ヒロインは学園に魑魅魍魎《ちみもうりょう》を送り込もうとしませんから！」

「……淫魔《いんま》と呼《よ》ばれている、サキュちゃんとかもいるけど」

「うむ。それは連れてきてＯＫで——」

「許可するなっ！」

　深夏にスパンと頭を叩《たた》かれる。それを区切りに、知弦さんもようやく悪ふざけをやめてくれた。しかし、話題が一段落したにも拘《かか》わらず。知弦さんはちょっともじもじした様子でこちらをチラチラ見ている。

「でもキー君。あの……」

「……分かってますよ、知弦さん」

「う。な、ならいいわ」

『？』

　知弦さんが縮《ちぢ》こまり、皆が首を傾《かし》げている。……が、俺にだけは伝わってきていた。なんだかんだ言って知弦さんは、「可愛いモノ」が好きなのだ。前面には出さないけど。会長を抱《だ》きしめたりしちゃうのも、そういう趣味《しゅみ》の顕《あらわ》れだろうし。

　だから、実は本当にペットとかの連れ込みを許可したいのだろう。自分が……というより、他の生徒が連れてきた可愛い生物を、愛《め》でたくて仕方ないのだろう。でも自分のイメージ的に、直接そんなことは言えないから……。

「……き、キー君。なにをニヤニヤ、こっちを見ているのかしら？」

「別に、なんでもありませんよぉ？」

「…………言わなければ良かったわ」

「なんですか？」

「なんでもないわよ」

こほんと咳払《せきばら》いをして視線を逸《そ》らす知弦さん。……可愛いなぁ、もう。

さて、これで一通り意見は聞いた。が……。

「会長……ホントに、校則変えるんですか？」

俺の問いに、会長は「うっ」とひきつる。

「変えたいと思う……けど。えと、なんか、私以外の意見は、ビミョー」

「おいおい、会長さん。それはあたしの台詞《せりふ》だぜ！」

「真冬の台詞です！」

「私の台詞ね」

結局全員が、自分の主張だけを支持している有様《ありさま》だった。どう考えても、校則変更《へんこう》は必要無い。俺が呆《あき》れながら口論の様子をやれやれと見守っていると、「そういえば……」と会長が俺の方を見た。

「どうして杉崎は、いつもみたいに『女の子は下着で登校！』みたいなこと言わないのよ」

「えー、俺、そんなイメージですか？　いや、否定はしないですけど、結構反省《はんせい》したくなりますね、それ」

「それで、今日はどうしたの？」

会長の質問に、皆も同調したのか、口論をやめてこちらを見ている。

俺はシャーペンをなんとはなしにいじりながら、ぼんやりと答えた。

「いや、なんか、別にいいかなと」

「別にいいって、何が？」

「校則。エロい校則に変えるのは、なんか今ひとつ気が乗らないっていうか。下着で登校なんて、まさにそれです。俺は着《ちゃく》エロも好きなんです。裸《はだか》が一番いいなんて、原始人の言うことですよ。っていうか、女子高生の制服なんていう秘宝《ひほう》クラスのアイテムを放棄《ほうき》させるなんて、それこそありえません」

「じゃあ、先輩《せんぱい》を皆《みんな》が好きになるよーに……という校則とか、提案しそうですけど」

真冬ちゃんがとぼけたことを言う。俺は、「ハッ」とそれを一笑《いっしょう》に付《ふ》した。

「校則で好きになられて嬉《うれ》しい男子がいるとでも？」

「真冬、先輩はなりふり構《かま》わないタイプだと思ってましたよ？　陵辱《りょうじょく》とか好きって言ってましたし」

「う。そ、それはそれ、これはこれだよ、真冬ちゃん。無理矢理が好きと言っても、あくまで平和的な、同意の上での無理矢理なんだよ、俺のは」

「『よいではないか、よいではないか』『あーれー』はいいんだよ。『きゃー、助けてぇー！』は駄目《だめ》だけど、『もう逃《に》げられないぞ』って、そういうことなんだよ」

「真冬からしたら、どっちも最低にしか感じられないんですがっ！」

「とにかく。校則で好きになって貰《もら》うのは、燃えないから駄目だ。そしてエロに関しては、校則で禁じられてるからこそ、燃える部分もあるんだ！　それこそ学生生活の醍醐味《だいごみ》」

「うーん、先輩って、喋《しゃべ》れば喋るほど好感度《こうかんど》が下がりますねぇ。もう、告白撤回《てっかい》レベルですよ、これは」

「ごめんなさい。見捨《みす》てないで下さい」

「今ので、更《さら》にマイナス１です」

「今度ＢＬの本貸《か》して下さい」

「プラス１億です。結婚して下さい、先輩」

真冬ちゃんは非常に好感度の調整が楽だった。

俺達が戯《たわむ》れていると、知弦さんがこほんと咳払い。

「じゃあ、キー君は校則に関して、特に何も要望はないと？」

「え？　ああ、まあ、そうですね。今別に不自由してないですし……」

「今日のキー君は、どうもつまらないわね」

「ぐ。そ、そう言われるのは心外です！　いいですよ、じゃあ！　俺も校則の意見を出しますよ！」

「へぇ。杉崎に、エロ方面以外の希望なんてあるんだ？」

「俺をみくびらないで下さい！　じゃあですねぇ……」

しまった。何も考えてない。実は今日の会議、完全に手を抜《ぬ》いておりました、杉崎鍵でございます。ツッコミ役って疲《つか》れるけど、実は思考の必要がなくて楽な側面もあるんだよね。

「あたしも聞きたいぞ、エロくない鍵の意見」

「真冬も、興味《きょうみ》あります」

「キー君の真価《しんか》を見せて貰いましょうか」

「杉崎の意見が優秀《ゆうしゅう》だったら、私達も自分の意見を引っ込《こ》めてあげるよ！」

全員が、俺に注目しまくっている。

……事前に用意していた意見なんて、全く無い。今も、頭の中にはハッキリとした文章が出来上《できあ》がっているわけでもない。

だけど。

自分に意見を求める四人の少女達を見ていたら、自然と胸の奥《おく》から、言葉が湧《わ》いてきて。

『………』

「えと……俺が欲しい、新たな校則は……」

俺は、ただただ素直《すなお》に、それを口にしてみることにした。

＊

生徒会からのお知らせ

この度《たび》、生徒会の活動により、校則が一つ追加されることとなりました。

以下が、その校則となります。

・碧陽学園生徒たるもの、多少道を外《はず》れようとも、毎日楽しくあれ

【第五話～推理《すいり》する生徒会～】


「真実は、いつだって一つなのよ！」

会長がいつものように小さな胸《むね》を張ってなにかの本の受け売りを偉《えら》そうに語っていた。

しかし、それに対して珍《めず》しく知弦《ちづる》さんが抗議する。

「真実は、捉《とら》え方によって一つと限らないというのが、私の探偵《たんてい》としての持論よ、アカちゃん」

「そーいう屁理屈《へりくつ》はいいの！　言葉遊びで誤魔化《ごまか》さず、探偵モノは、潔《いさぎよ》くあるべし！」

「まあ、いいけど……。それで、アカちゃんは結局何が言いたいのかしら？」

「よくぞ聞いてくれました。ふふーん。いくよ」

「？」

会長はなぜかそこで一拍《いっぱく》おき、すぅと深呼吸。生徒会役員達がなんだなんだと見守る中……唐突《とうとつ》に、バッと腕《うで》を振《ふ》り払《はら》う。妙《みょう》にカッコイイアクションで、会長は叫《さけ》ぶ。

「犯人は、この中にいる！」

『！』

放課後早々、俺《おれ》達容疑者《ようぎしゃ》扱《あつか》いだった。会長はと言えば、漫画《まんが》やドラマでしか見たことの無い台詞《せりふ》を言えて、ご満悦《まんえつ》といった様子だ。

やべぇ、みるみる会議へのモチベーションが下がっていく。だりぃ。今日の会長の意味不明さ、厄介《やっかい》さはいつもの三割増《ま》しな気がしてきた。

「では説明しましょう、今回の事件の全容を」

「ちょっと待てい」

会長が猛烈《もうれつ》な勢《いきお》いで解決編に突入《とつにゅう》していっていたので、俺は慌《あわ》てて止める。

役員達がだらだら汗《あせ》を流す中、会長は不満そうに頬《ほお》を膨《ふく》らませていた。

「なによ、杉崎《すぎさき》。今から、クライマックスなんだよ？」

「なんで会議開始早々クライマックスなんですか、俺達！」

「私はいつだってクライマックスだよ」

「いえ、意味の分からないカッコイイこと言わないでいいですから！　ついていけないクライマックスは、やめて下さい！」

「なにを言うの、杉崎。探偵モノの面白《おもしろ》いところは、解決編《へん》でしょ。それだったら、最初からそれを読者に見せてやろうという、新本格ミステリー界の風雲児《ふううんじ》・桜野《さくらの》くりむの逆転の発想がわからないかな」

「いつから会長はミステリー作家に、この物語は推理モノになったんですか！　とにかく、これ、なんの解決編なんですか！　まだ会議開始数秒ですよ⁉」

「事件の内容なんて、些末《さまつ》なことだよ」

「ミステリー業界に激震《げきしん》が走りそうなこと言いましたね」

「探偵モノなんて大体、推理シーンで長々《ながなが》、懇切丁寧《こんせつていねい》に、事件のあらすじまで探偵さんが説明してくれるよ！　それを見ていて思ったんだよ。だったら事件のシーン、いらなかったじゃんって！」

「そんな、また元《もと》も子もないことを……」

しかし実際微妙《びみょう》に分かる気もするから、厄介だ。

「だから、私達生徒会は、最初から解決編を提供《ていきょう》するの」

「事件も起こってないのに、解決編も何もないでしょうよ……」

俺の抵抗に、今まで隣《となり》で様子を見守っていた深夏《みなつ》も援護《えんご》をしてくれた。

「そうだぜ、会長さん。最初からクライマックスはあたしも好きだが、事件も起こってないのに解決編は無理だ。怪人《かいじん》出てきてないのに、ヒーロー出動したようなもんだぜ」

「それの何がいけないの？」

「へ？」

会長の意外な切り返しに、深夏は目をぱちくりとする。

「ヒーロー番組を見る子供は、何が見たいと思う？　深夏」

「え？　そりゃあ……ヒーローの活躍《かつやく》っていうか……」

「だったら、怪人出て来なくてもいいじゃない。ヒーローが急に出てきて、なんかどこかに向かって必殺技《ひっさつわざ》出して、『世界は平和になった！』って言ったら、それだけで子供、大喜びだよ！　シンプルだから、五分で終わるのもいいね！」

「そ、そうかなぁ」

「そうだよ！　探偵モノだって、探偵が推理してこそでしょう！　事件のシーンなんて、犯人のターンじゃない！　そんなのどーでもいいの！　私達は、探偵が見たいの！」

「……そうかなぁ。なんか理屈《りくつ》が通っているような、根本的《こんぽんてき》に間違《まちが》っているような……」

深夏はすっかり煙《けむ》に巻かれてしまっていた。……会長、時々妙に反論しづらい論理を持ち出してくるよな……。

しかし、このままではとにかく意味が分からない。せめて、急に超《ちょう》推理を展開するに至《いた》った理由ぐらいは、知っておきたいところだ。

「で、会長。なんだって今日はまた、推理なんて始めたんですか。生徒会の仕事に関係あるんですか？　それ」

「ある！　たぶん！」

「なんですか、たぶんって！」

「私は、推理がしたいの！　名探偵になりたいの！　この前杉崎が探偵みたいなことしてたから！」

「あー」

学園祭の後片付けの時か。……失敗した。

「それに折角《せっかく》私達の日常が小説になっているのだから、一回ぐらい、名推理で読者を驚《おどろ》かせたいじゃない！　生徒会の出版《しゅっぱん》している本の売り上げに関《かか》わることなんだから、生徒会活動の一環《いっかん》と言っても、過言《かごん》ではない！」

「過言ですね」

なんだ、まただのワガママか。俺が呆《あき》れて嘆息《たんそく》していると、真冬《まふゆ》ちゃんが意見を口にした。

「真冬も、主人公願望《がんぼう》はよく分かりますけど……。でも会長さん。流石《さすが》に、火のないところに煙を立てるのは、なしですよ」

「う。でもでも……待っていても、事件、起こらないんだもん……。怪盗《かいとう》さんから暗号で書かれた犯行予告状、届《とど》かないんだもん……」

「いえ、それはかなり無理かと。殺人事件に出くわす、とかならまだしも……」

「殺人事件はダメだよ。実際に推理してみたいけどね、密室殺人とか。でも、それはさすがに、杉崎が可哀想《かわいそう》だよ」

「なんか俺が被害者の前提で喋《しゃべ》ってます？」

「でも会長さん。推理が必要になる事件って……大体、誰《だれ》か傷ついちゃいますよ？　そういうのは、やっぱり起こらない方がいいと真冬は思います」

「うん、私の学校でそんな悲劇《ひげき》は起こさせないよ！　でも、だからこそ、推理だけ楽しむんだよ！」

「う。なんか、無茶苦茶なのに、筋《すじ》が通ってしまった感があります！　真冬、もう何も言えないです！」

真冬ちゃんがなぜか会長に負けていた。……なんなんだ、このちびっこは。言っていること明らかにおかしいのに、妙に説得力がありやがる。

知弦さんに、アイコンタクトで意見を仰《あお》ぐ。彼女の答えは……「もう、泳がせましょう」だった。完全に諦《あきら》めモードである。しかし、俺もその意見には賛成だ。

テキトーに名探偵気分を味わわせてあげれば、会長もすぐに満足するだろう。俺は、とりあえず会長の話を促《うなが》してみることにした。

「じゃあ、会長。会長の推理を、聞かせて下さい。一体誰が、犯人なのですか」

俺の言葉に、会長は目をキラキラと輝《かがや》かせて、むんと胸を張る。

「では、説明してしんぜよう」

「会長の中の名探偵のイメージって、妙に偉《えら》そうですね」

「まず、第一の事件……『寝台《しんだい》特急、消えた冷凍《れいとう》みかん事件』のトリックだが……」

「待て」

「なんだね、杉崎少年」

なんか少年呼《よ》ばわりだった。会長はエア髭《ひげ》をふっさふっさ指でいじっている。……どういう名探偵のイメージなのだろう。

「ええと、会長」

「探偵さんと呼んで貰《もら》って結構《けっこう》」

「…………会長」

「…………」

「……探偵さん」

「なんだね、杉崎少年」

うぜぇ！

「ええと、なんでしたっけ。その、寝台特急で冷凍みかんがどーたらこーたら事件。それ、なんですか？」

「『寝台特急、消えた冷凍みかん事件』のことかね。どうした、杉崎少年。我々《われわれ》がこの一連の事件に巻き込《こ》まれるキッカケとなった、あの衝撃《しょうげき》的な第一の事件をよもや、忘れてしまったというのかね」

「……すいません」

まさか会長の妄想《もうそう》事件を知らないことで怒《おこ》られるとは、夢にも思いませんでした。

「まったく。その程度の記憶《きおく》力では、私のような偉大《いだい》な名探偵にはなれないぞ、杉崎少年。私のじっちゃんも、ガッカリだと言うておる」

「会……じゃなくて、探偵さんのじっちゃん？　金田一《きんだいち》○助《すけ》かなんかなんですか？」

「いや、工藤《くどう》○一《いち》だ」

「どういう世代の人間なんですかっ、探偵さん！　結構未来の人ですよねぇ!?」

「なにを喚《わめ》いておる、杉崎少年。とにかく、今は第一の事件について語ろうではないか」

「く……。お、お願いします」

「うむ。『寝台特急、消えた冷凍みかん事件』。事件名からも明白であろうが、あれは、なんとも凄惨《せいさん》で悲しい事件であった……」

「いや、なんかほのぼのした様子しかイメージ出来ませんが。家族間の、ちょっとしたトラブルレベルな予感がビンビンしますが」

「私があとで食べようと思って楽しみにとっておいた冷凍みかんが、いつの間にか消えていたというあの悲劇……今思い出しても、震《ふる》えが止まらない！」

「被害者アンタかよ！　事件に巻き込まれたというより、めっさ関係者じゃん！」

「あの不可思議な事件……。不可能犯罪《はんざい》のトリックを、私は、しかし、遂《つい》に暴《あば》いたのだ！」

「冷凍みかんが消えたぐらいで、なにを大袈裟《おおげさ》な……。密室か何かから消えたんですか、冷凍みかん」

「いや、普通《ふつう》の寝台車両だ。誰《だれ》でも出入り出来る。私のベッドの上に、冷凍みかんを置いて車内探検《たんけん》に出かけて帰ってきたら、冷凍みかんがなくなっていたのだよ」

「うっわー、なにその、かつてないほど、どーでもいい事件！」

「まさに不可能犯罪！」

「探偵さん、不可能犯罪という言葉の意味、分かって使ってます？」

「とにかく、冷凍みかんは消えたのだ。楽しみにしていた私は深く傷つけられた。これは、憎《にく》むべき犯罪だ」

「まあ……なんにせよ、盗難《とうなん》は盗難かもしれませんね。で、犯人やトリックは、分かったのですか？」

「うむ。完璧《かんぺき》だ！　ナゾは解《と》けたよ、杉崎少年。英国紳士《しんし》としてね」

「どういうことなんでしょうか、レイ○ン先生」

もう世界観がめちゃくちゃだ。でも、面倒《めんどう》なのでテキトーに付き合う。

「世紀の大犯罪、『寝台特急、消えた冷凍みかん事件』。その真相《しんそう》は……」

「ごくり……（無理矢理つばを飲み込む）」

「私が車内を探検している間に、冷凍みかんが溶《と》けて、ただの『みかん』になってしまっていただけだったのだ！」

『な、なんだってぇ――――――――!?』

生徒会役員達に激震《げきしん》が走る！　違う意味で驚愕《きょうがく》の真実だった！

「事件でもなんでもねぇだろ、それ！」

「犯人なんて最初からいないじゃないですかぁっ！」

「散々《さんざん》人を疑《うたが》ったあげく、アカちゃん自身の過失《かしつ》なんて……救いようがないわね」

皆《みんな》から、大ブーイングである。かつてここまで、推理を披露《ひろう》した直後に貶《けな》される名探偵がいたであろうか。

しかし会長は、全《まった》く気にした様子もなく、先を続けた。

「真相を知ってみれば、本当に、悲しく虚《むな》しい事件だった……」

「ええ、本気で虚しいですね……。なんだろう、この虚無感《きょむかん》。俺、事件の真相を聞いてこんな気分になったの、初めてですよ」

「それが大人《おとな》になるということだよ、杉崎少年」

「なにその驚《おどろ》きの成長過程《かてい》」

「さて、では第二の事件へと話を移そう」

「いや、実質それが第一の事件だと思います。冷凍みかんの件は、事件じゃなくて、ただのうっかりさんによる自演だったような……」

「第二の事件……あれは、本当に惨《むご》い事件だった。今思い出しても、身震《みぶる》いする」

「お、ようやく、ちゃんとした事件っぽ――」

「『雪山別荘《べっそう》、早めの睡眠《すいみん》事件』」

「…………は？」

「あれは、本当に酷《ひど》い……酷い、事件だった……。そして、不思議な事件だった」

「……ええと。事件の詳細《しょうさい》を聞いて、いいですか？」

「なんだね、杉崎少年。また忘れてしまったのか。使えない男だな、キミは」

「す、すいません」

「まったく、信じられんな、あの悲劇を忘れてしまうなんて……」

「悲劇……。ま、まさか、ほのぼのしているタイトルとは裏腹《うらはら》に、睡眠薬《やく》を使った殺人事件とか――」

「普段《ふだん》は夜九時に寝《ね》る私が、なぜだか、あの日は夜八時に寝てしまったという、あの、信じがたい事件のことだよ！」

「どうでもいいわぁ――――――――！」

俺は全力で叫《さけ》んだ。しかし会長は、悲しげに顔を伏《ふ》せる。

「今でもあの日のことを思い出すと、後悔《こうかい》に胸が痛む。折角《せっかく》の旅行なのに、なぜ早く寝てしまったのかと……」

「また被害者アンタかよ！　っていうか、被害者でさえない！　事件でもなんでもないでしょう、それ！」

「なにを言うんだね、杉崎少年。私は、毎日、本当に九時に寝るのだよ。八時に寝るなんて……それこそ、不可能犯罪！」

「犯罪じゃないですからねぇ！　そりゃ不可能でしょう！」

「この、あまりに不可解な事件の真相。キミには分かるかね、杉崎少年」

「ええ？　かつてここまで推理する気がおきない題材を提示《ていじ》されたの、初めてですよ……」

「つまり、ギブアップと？」

「それはそれで腹立ちますけど。ええと……どうせ、長旅《ながたび》で疲《つか》れてたんでしょう、探偵《たんてい》さん」

「うむ、それは否定しない。冷凍みかんの件で、心労《しんろう》が溜《た》まっていたからね」

「激しく自業自得《じごうじとく》なのはさておき。だから、早く寝てもおかしくないんじゃ……」

「ふ……甘《あま》い！　甘いぞ、杉崎少年！　いいか！　この事件には、もっと深い真相があったのだよ！」

「！　マジですか。まさか、誰《だれ》かに、何かの陰謀《いんぼう》のために睡眠薬を盛《も》られ――」

「私の腕時計《うでどけい》が一時間、ずれていただけだったのだよ！」

『また自分のせいかぁ――――――――――』

再び生徒会室に起こる、大ブーイング！

会長は、うむうむと一人、納得《なっとく》したように頷《うなず》いていた。

「このあまりに高度な時間トリック……見破《みやぶ》れるのは、私ぐらいのものだろうな」

「そりゃアンタの腕時計のズレの話だからなぁ！　アンタしか見破れねぇだろうよ！」

「ま、まさか、冷凍みかんの一件を更《さら》に下回ってくるなんて……真冬、呆然《ぼうぜん》です！」

椎名《しいな》姉妹《しまい》が抗議の声をあげる。そんな中、知弦さんは顎《あご》に指を当てて、何かを思い出すように視線を彷徨《さまよ》わせていた。

「……アカちゃん。この一連の事件の話、実話が元になってるわよね。去年の修学旅行の時、冷凍みかんがないと騒《さわ》いだり、三日目には、昨日の夜早く寝ちゃったと嘆《なげ》いていたような……」

「ふふふ、よくぞ気付いたな、黒髪《くろかみ》のお嬢《じょう》さん」

「まさかクラスメイトにそんな呼ばれ方するとは、思ってもみなかったわ」

「そう、私は最近気付いてしまったのだよ……あの修学旅行中に起こった、一連の事件の真相に！」

「こんな推理に一年を要したの⁉」

それで急に、推理ショーを始めたらしい。……相変わらず、唐突《とうとつ》な人だ。本人の中ではちゃんと順番を踏《ふ》んでいるのだろうけど、俺達常人とは、感覚が違いすぎる。

「……じゃあそろそろ、満足ですか？　探偵さん。もう充分《じゆうぶん》推理したでしょう」

「何を言うんだね、ワト崎《さき》くん！」

語呂《ごろ》が悪すぎて、一瞬《いっしゅん》誰のことか本当に分からなかった。

「まだ最後にして最大の事件が残ってるじゃないか！　修学旅行四日目にして起こった……あの、未曾有《みぞう》の大犯罪のことだよ！」

「未曾有の大犯罪？　そこまで言うほどの事件って、一体……」

俺の疑問に、会長は神妙《しんみょう》な表情を浮《う》かべながら……ゆっくりと、答えた。

「『桜野くりむ失踪《しっそう》事件』だよ……」

「ああ、アカちゃん迷子《まいご》になったわね、そういえば」

知弦さんに一瞬でネタばらしされていた。折角《せっかく》のまともな事件名が、台無しだ。

既《すで》に生徒会役員全員が興味《きょうみ》を失っていたが、それでも会長は、一人、重たい表情で事件の概要《がいよう》を説明し始める。

「あれは本当に恐ろしい事件だったよ……。可憐《かれん》な美少女が、ある日忽然《こつぜん》と姿を消したんだよ……。神隠《かみかく》しか、はたまた誘拐《ゆうかい》か、それとももう既に――」

「ただの迷子でしょう」

「関係者達は騒然《そうぜん》とした」

「いえ、『また桜野か』ぐらいで流されてたけど？　私は一緒《いっしょ》の班《はん》だったし、捜索《そうさく》活動したけど」

「果たして、桜野くりむはどうなってしまうのか！　まさに手に汗握《あせにぎ》る展開！」

「いや、元気に帰って来るんでしょう？　今推理を語っている探偵さん自身が、壮絶《そうぜつ》なネタバレ存在と化しているけど」

「事件の陰《かげ》に隠された、人の悲しい性《さが》とは！」

「確かに方向音痴《ほうこうおんち》は、悲しい性分《しょうぶん》よね」

「偶然《ぐうぜん》その場に居合《いあ》わせた私の名推理がキラリと光る！」

「推理もなにも。事件の関係者どころか、最初から全《すべ》ての真相を知っている唯一《ゆいいつ》の人間じゃない、アカちゃん。ある意味犯人じゃない」

「犯人じゃない！　桜野くりむは被害者と言っていいだろう！」

「なんの被害者よ」

「……ゆとり教育の」

それはその通りかもしれないと、全員が頷《うなず》いてしまった。いや、やっぱりそんな逃《に》げは認められない。会長がへっぽこなのは、会長自身の責任も大きいハズだ。

俺はさっさと話を促《うなが》すことにした。

「それでその事件の『真相』っていうのは、なんなんですか、会長。正直《しょうじき》、浅すぎて他に語るべきこと無いと思うんですけど」

「甘いなぁ。そんなだから『ダメ眼鏡《めがね》』って呼《よ》ばれるんだよ、ワト崎くん」

「俺、陰《かげ》でそんな風に呼ばれてんの⁉　眼鏡もかけてないのに⁉」

「いいかい、ワト崎くん。良い推理モノの解決編には、『表面上の解決』の他《ほか》に、真の黒《くろ》幕《まく》が暴《あば》かれる、意外性に富《と》んだ『真の解決』があるものなのだよ！」

「はい？　じゃあ……迷子事件も含《ふく》め、冷凍みかんやら早めの睡眠《すいみん》やらも、全て、会長の過《か》失《しつ》のように見えて、その影に黒幕が潜《ひそ》んでいると？」

「そう！　ここからが、本当の見せ所なのだよ！」

「まあ……事実、そういうことがあるなら、なかなか興味深い展開ですけど……ねえ？」

椎名姉妹の方へと話を向ける。二人も、なんだか微妙《びみょう》な表情だった。

「どう考えても、会長さんの自業自得《じごうじとく》を、他人のせいにしようとしている風にしか見えねーんだが」

「真冬もそう思います。推理って言えば聞こえはいいですけど、確たる証拠《しょうこ》もなしに他人を疑って罪《つみ》を押しつけるのは、名探偵さんのすることじゃないです」

二人の辛辣《しんらつ》な意見に、会長は涙目《なみだめ》になってしまった。

「そ、そんなことないもん！　いるんだもん、犯人！」

既《すで》に口調も元に戻《もど》ってしまっている。なんか可哀想《かわいそう》なので、一応、話ぐらいは聞いてあげることにした。

「それで、会長は誰が犯人だと思っているんですか。……冷凍みかんも就寝《しゅうしん》時間も迷子も、他人がどうこう出来ることじゃないと思いますけど」

「出来るんだよ！　たった一人だけ、それが、可能だったんだよ！　それに、最近気付いちゃったんだよ！」

「？　誰ですか？　クラスメイトとかですか？」

「だから、最初に言ったじゃない！」

「？　何を？」

「犯人は、この中にいる！」

『…………』

「皆《みんな》して、なによその凄《すご》い微妙な表情！　可哀想な子を見る目で見ないでよ！」

そう言われても、本気で残念なのだから仕方ない。ここまでどうでもいい推理に付き合わされ、果ては犯人と疑われる俺達のこの気持ち……察してほしい。

「い、いるんだもん！　犯人、いるんだもん！　ぐす……」

「探偵さんが、推理《すいり》語る前に泣き出しちまってるぜ、おい」

深夏がひきつりながら実況《じっきょう》する。なんだこの解決編《へん》。かつてここまで場の空気を乱しまくる探偵さんが居《い》ただろうか。

知弦さんが、優《やさ》しく会長の背を叩《たた》く。

「アカちゃん。もう満足したかしら？　いい子だから、そろそろちゃんとした会議に戻りましょうね」

「う、うぅ……いるんだもん……犯人、いるんだもん……。ぐす……」

「よしよし」

「あやさなくていいから、聴《き》いてよぅ」

「そうねー。犯人、いるのよねー。さて、いい子だから、おねむしましょうねー」

「ね、寝ないよ！　別に眠《ねむ》くなんて……。……うとうと」

なにこの親子みたいな同い年。あやされてるよ。駄々《だだ》をこねて泣き疲《つか》れた子が、めっちゃあやされてるよ。

そうして、まさかとは思ったが、会長は知弦さんの胸に頭を預《あず》け、本気ですやすや眠り始めてしまった。いや……しかし、知弦さんにあんな風にされたら、会長でなくても、眠ってしまうかもしれない。恐《おそ》るべし、癒《いや》し知弦さん。

真冬ちゃんが、ホッと息をつく。

「なにはともあれ、これで一段落ですね」

「そうだな。会長さんのことだ。どうせ起きたら、もう推理なんてどうでもいいと思っているだろ」

姉妹の言葉に、俺も背もたれに思い切り体重を預けて伸《の》びをしながら返す。

「やれやれ、今日の会長の暴走はちょっと酷《ひど》かったな。ゴーイングマイウェイはいいけど、他の人を犯人にするのはちょっとな」

「だよなー。ま、らしいっちゃ、らしいけど」

「ですよね。寝てくれて、助かりました。紅葉《あかば》先輩のおかげですね」

真冬ちゃんの感謝《かんしゃ》に、知弦さんは「あら」と満面の笑顔で返す。

「お礼なんて言うことないわ。真犯人として、探偵さんを口止めするために動くのは、推理モノとして当然のことなのだから」

「そうですかー。でも、助かりました」

「おう、知弦さんには、あたしも感謝だぜ。正直《しょうじき》、今日のはキッかった」

「ああ。俺も本当に疲れたわ。あー、肩《かた》こった。真冬ちゃん、揉《も》んで」

「いやです。なんで真冬がそんな肉体労働しなきゃいけないのですか」

「じゃあ、揉ませて」

「どさくさに紛《まぎ》れて、うちの妹にセクハラ発言してんじゃねえ!」

深夏に思い切り殴《なぐ》られてしまった。派手《はで》に椅子《いす》から転《ころ》げ落ちた俺に、真冬ちゃんと知弦さんが笑い、生徒会室に和《なご》やかな空気が漂《ただよ》う――

『って、ええええええええええええええええええええええええええええええ⁉』

唐突《とうとつ》に俺と椎名姉妹が絶叫《ぜっきょう》し、知弦さんの方を見る。彼女は、眠る会長の頭をナデナデしながら、ニコニコと笑っていた。

「まさかここまで反応遅《はんのうおそ》いとは、私も多少びっくりよ」

「いや、だって、あまりにサラリと言うもんだから！　真犯人の罪《つみ》の告白のテンションじゃねーだろ、あれ！」

深夏のツッコミに、真冬ちゃんも同意する。

「そーですよ！　推理パートはもう終わったと思ってる時の、不意打ちは無いです！」

「意外な展開を演出してみたわ」

「意外すぎます！」

三人がやりとりしている間に、俺も席に着き直し、混乱する頭のまま、知弦さんに「それで……」と訊《たず》ねる。

「ど、どういうことですか、知弦さんが真犯人って！　じょ、冗談《じょうだん》ですよね？　だって、あんな自業自得《じごうじとく》事件に、犯人も何もいるはずが……。それこそ、不可能犯罪《はんざい》！」

「あら。そんなことないわ。全《すべ》ての事件は、修学旅行中、私が演出したのよ」

「ど、どうやって……」

俺の質問に、知弦さんは全《まった》く悪びれることもなく、「えーと」と顎《あご》に指を当てて思い出し始めた。

「ああいうこと、普段からやっているから、ついさっきまで忘れてたけど……。そうそう、まず冷凍みかんね。アレは、アカちゃん、カチカチの冷凍みかんを無理矢理食べようとするから、なんか爪《つめ》とか怪我《けが》しちゃいそうだったし、私が他のものに気をとらさせて、その間に溶《と》けちゃうように仕向けたのよ」

「え？　じゃあ、悪意は無かったんですか？」

「そりゃそうよ。どうして私がアカちゃんに悪意を持って仕掛《しか》けるのよ。というか、悪意あるなら、冷凍みかんを溶かすなんてしょぼいイヤがらせは、むしろ思いつかないと思うけど」

そりゃそうだ。どんだけ悪知恵《わるぢえ》の働かない犯人だという話だ。

「まあ、アカちゃんが車内探検《たんけん》にあれだけのめりこむとは思わず、完全に冷凍みかんが溶けちゃったのは、悪いと思うけどね」

「そこら辺は、やっぱり自業自得なのですね……」

真冬ちゃんの言葉に、知弦さんがこくりと頷《うなず》き、話を再開する。

「ええと、あと、早めの睡眠《すいみん》事件？　あれもさっき思い出したけど、私がアカちゃんの時計狂《くる》わせたのよ」

「え？　そりゃあ、知弦さん、本気で悪意ある犯人なんじゃねえの？」

深夏がツッコム。しかし、知弦さんは「違うのよ」と苦笑した。

「それ、二日目のことなんだけどね。一日目の寝台《しんだい》特急で、アカちゃん、なんかちゃんと眠《ねむ》れなかったみたいで。揺《ゆ》れてるのが駄目《だめ》だったのかしらね。それでも彼女、変なところで律儀《りちぎ》に生活時間守るから、そのままじゃいつも通り九時まで起きてそうで。でも、見てるとちょっと体力的に危《あぶ》なそうというか……三日目に影響《えいきよう》出ちゃいそうだったから、時計の時間ずらして、気付かないうちに、早めに寝させたのよ。

結局、翌日クラスメイトに指摘されて、自分が八時に寝たことに気づいちゃったけどね」

「……かつてここまで、思いやりに溢《あふ》れた真犯人が居《い》たであろうか」

俺と椎名姉妹は、知弦さんの心遣《こころづか》いに感動してしまった。なんだこれ。今真犯人の胸ですやすや眠っている名探偵さんより、よっぽど見せ場のある真犯人さんなんだが。

俺達はなんだかすっかり癒《いや》された気分になり、まったりとした空気を醸《かも》しだしながら、そういえばまだなんか事件あったなと、割とどーでもいいのだけれど、最後のそれも真相を聞いておくことにした。

「じゃあ、ええと、会長が迷子《まいご》云々《うんぬん》も……」

「ええ、私が犯人よ。班員《はんいん》である私が、うまく誘導《ゆうどう》して、わざと撒《ま》いたの」

「それにも深い理由があるんですよね？」

「ええ、勿論《もちろん》」

「ですよね。で、それは一体……」

「アカちゃんが私を求めてオロオロする可愛《かわい》い姿《すがた》を、ビデオに収《おさ》めて、愛《め》でるためよ！」

『ここだけ本気の悪意だった――――!?』

衝撃《しょうげき》の事実に、俺達はだらけきった背筋《せすじ》をピンと伸《の》ばす！

「な、な、なんですかそれ！　可哀想《かわいそう》です！　会長さん、可哀想ですよ！」

「あら、真冬ちゃん。さっきまでアカちゃんより、私派《は》だったじゃない」

「それとこれとは話が別です！　駄目《だめ》ですよ！　そんなことしちゃ、駄目ですよ！」

「大丈夫《だいじょうぶ》。アカちゃんは大袈裟《おおげさ》に言ってたけど、精々《せいぜい》十分ぐらいの話よ。実は凄《すご》く傍《そば》にいたし。完全に居場所《いばしょ》把握《はあく》してたし。テンパってたのはアカちゃんだけで、実は全然、事件でさえなかったという……まさに完全犯罪」

「や、そういう問題じゃねーから！　なんか、そこだけ本気で犯人だから！」

「うん、そうなのよね。それは認めるわ。アカちゃんが、『知弦ぅ』と不安そうにしてくれる姿を見たいという欲求にどうしても抗《あらが》えず……。悪いことをしたわ。でもあれ、実はアカちゃんが自分から、てってけ離れていったのよ？　で、いつもは私もそれを慌《あわ》てて追うのだけれど、その一回だけ、あえてちょっと離れてみたというだけの話」

なんか、言うことをきかない子供に、親がちょっとだけ罰《ばつ》を与《あた》えてみた、という感じの真《しん》相《そう》だった。……クラスメイトの話を聞いているとは思えない。

それでも知弦さんは、会長の頭を撫《な》でながら困《こま》ったような表情をしていた。

「まあそんな、割としょーもない真相なのだけれどね。それでも、この子に『犯人』って言われちゃうのは、ちょっと悲しいから、寝《ね》かせちゃったの。……ごめんなさいね」

「いえ。……なんか、知弦さんは犯人ですけど、この場合、謝《あやま》るようなことは……。あー、最後のは若干《じゃっかん》謝る必要があるような気も……。いや、ないかなぁ」

どうせ会長のことだ。修学旅行中、何度も勝手な行動をしては、それとなく知弦さんにフォローされていたのだろう。一回ぐらい、ちょっと痛い目見て反省《はんせい》を促《うなが》すのも、そう悪いことではない気がした。……まあ微妙《びみょう》なとこだけど。知弦さん、ビデオ録画《ろくが》してたし。ちょっと性癖《せいへき》持ち込んでたし。

ただ、少なくともさっきの会長のテンションで「真犯人」呼《よ》ばわりされるようなレベルではないとも思う。

俺達が「仕方ないですね」と微笑《ほほえ》むと、知弦さんは「ごめんね」と苦笑《にがわら》いしながら、眠る会長を見て、もう一度だけ、「ごめんなさい、アカちゃん」と謝罪《しゃざい》を口にした。

そうして、知弦さんは「それにしても」と話題を変える。

「まさか、ここに来て真相を見破《みやぶ》られるとはね……。だって、もうあれから一年よ？　私も、言われるまでほぼ忘れていたぐらいよ、この件」

「た、確かに。よく考えてみれば、本当に『この中に犯人がいた』わけですしね。会長の推理、ちゃんと正解してたような……」

「そうなのよ。末恐《すえおそ》ろしい子よ……。下手《へた》するとこの子、迷宮《めいきゅう》入りの未解決事件とか、妙にあっさり解決しちゃうんじゃないかしら。そういう才能、本当にあるんじゃないかしら」

皆が頭を悩《なや》ませる事件に対し、論理をすっ飛ばして鮮《あざ》やかに犯人を見抜《みぬ》いてしまう会長の様子が、頭に浮《う》かんだ。……うん、ありそう。この人、的外《まとはず》れなこと多いけど、大事なとこ確実に押《お》さえてくるからな。

深夏が、今回のことを纏《まと》めるかのように、呟《つぶや》く。

「まあ、名探偵も推理も善《よ》し悪《あ》しだな。世の中気付かない方がいいこともある……なんてこたぁ言いたくねーけど。疑わなくていいものは、あるのかもしれねーな」

「そうだね。全《すべ》てを疑え、なんて生き方は、正解かもしれないけど、なんか幸《しあわ》せではなさそうだね」

「ええ。そして、そういうの、この子にはちょっと似合《にあ》わないわ」

知弦さんはそう言って、会長の前髪《まえがみ》をかき上げる。……知弦さんが推理を中断させたのは、何も、自分のためだけではなかったのかもしれない。

会長は、知弦さんが犯人だと分かっていたのだろうか？　そうかもしれない。そして、実は言うほど、怒《おこ》ってもいなかったのかもしれない。だって結局、その犯人たる知弦さんの胸で、安心しきって眠ってしまっているのだから。……そういうとこ、本気でこの人は凄いと思う。他人を疑わないピュアとは少し違う、疑っても、ちゃんと信頼《しんらい》はする純粋《じゅんすい》さ。大事なことはなんなのか、言葉には出来なくても、ハッキリと理解している強さ。

皆でなんとなく会長の寝顔《ねがお》を見守る。

すると、彼女はふと、寝言《ねごと》を漏《も》らした。

「犯人は……ワト崎っ！　キミよ！　大体のことは、キミが全部悪いの！　そうに決まってるの！　謝って！　ほら、謝って！　会長の私に、ひれ伏《ふ》して！」

『…………』

さて、この話、小説にする時にはこの寝言を入れずにおこうか。そして、いい話風に終わらせておこうか。

どうしようかしばし迷《まよ》ったものの、思い出したらやっぱりなんか凄く腹立ったので、そのまま入れてやることにした。めでたし、めでたし。

【最終話～夢見る生徒会～】

「人が空想出来ることは、全部、実際に起こりえることなのよ！」

会長がいつものように小さな胸《むね》を張ってなにかの本の受け売りを偉《えら》そうに語っていた。

……ような気がする。あんまりハッキリと覚《おぼ》えていない。というか、どうでもいい。

なんせ、今俺《おれ》は、まどろみの中にいるのだから。

例年より遅《おそ》めの初雪が降《ふ》った今日。その寒さ故《ゆえ》に、逆に暖房《だんぼう》のかかった室内は楽園のように感じられた。日頃《ひごろ》の疲《つか》れも、つい表出《ひょうしゅつ》してしまうくらいには。

通常ならば、ハーレムメンバーとの楽しい会議中に寝てしまうなんてことは、絶対にないハズなのだが。今日はどういうわけか、俺以外の全員が妙《みょう》にテンション低く、更《さら》に、俺に対しても微妙《びみょう》に刺々《とげとげ》しかったため……俺もどう接したものか分からなくなり、悩《なや》んでいるうちに、いつのまにかこんな状態になってしまっていた。

なんにせよ、こうなったらもう駄目《だめ》だ。普段《ふだん》から睡眠《すいみん》時間を削《けず》りがちの俺だから、一度ここまで来てしまったら、もう睡魔《すいま》には抗《あらが》えない。ただ眠《ねむ》い。気持ちいい。それが全《すべ》て。

俺は、流れに身を任《まか》せ、夢の中へと一気に意識を埋没《まいぼつ》させていった。

＊

「おお、そなたが『勇者』へと志願《しがん》した、ケン・スギサキか」

「は？」

サンタクロースがなんか言ってきた。

「そなたが、ケン・スギサキだな？」

「はい？」

サンタがなんか言ってるよ、おい。……て、あれ、俺話しかけられてる？　いや、っていうか、よく見たらサンタじゃない？　ひげもじゃのおじいさんが赤い服着てるから咄嗟《とっさ》にサンタだと思ってしまったが。改《あらた》めて見れば、頭には王冠《おうかん》が載《の》っかってるし、赤いのは豪奢《ごうしゃ》なマントだし、なんか俺を数段上の玉座《ぎょくざ》から見下《みお》ろしているし。これは……サンタと言うより、むしろ……。

「王様？」

「なんだね、ケン・スギサキ」

「…………」

「話しかけておいて無視かね。無視なのかね。一国の主《あるじ》に対して、なにその低レベルないじめ行為《こうい》」

なんかサンタ……もとい王様がご立腹《りっぷく》だった。まったく事態《じたい》が飲み込《こ》めないが、とりあえずおじーさんをいじめて喜ぶ趣味《しゅみ》はない。ちゃんと返すことにした。

「すいません、サンタさん」

「誰《だれ》だねそれは。ワシの名前は『エドワード・ドリッキン三世』だが」

「ドリッキン……。なんかテキトー感溢《あふ》れる名前だなぁ」

「ケン・スギサキよ。さっきからお主《ぬし》は、ワシをなんだと思ってるのかね」

「え？　ええと……王様？」

「なぜ疑問系《けい》なのかは気になるが。こほん。とにかく、ケン・スギサキよ。お主が『勇者』へと名乗り出てくれたこと、ワシは、誇《ほこ》りに思うぞ」

「勇者？　はい？　なにこれ、どういう――」

とそこまで呟《つぶや》いて。不意に、なんのキッカケもなく理解した。

（あ、夢だ。これ、夢か）

気付くときは、気付くもんだ。そうかそうか。妙に展開が強引《ごういん》だと思ったら、これ、夢か。普段《ふだん》は夢見るにしても、エロ系統《けいとう》か悪夢《あくむ》ばかりだから、ちょっと戸惑《とまど》ったわ。まさか俺の中に、こんなファンタジー設定を作り出す心が残っていたとは。

「どうしたのかね、ケン・スギサキ」

なんか王様がこっちを見ている。……なるほど、あれが王様で、俺が勇者か。ドリッキンって、もしかして『ドリームキングダム』あたりの略《りゃく》か？　わー、ありきたりの設定。見れば、俺もなんか鎧《よろい》とか装備《そうび》してるし。仕方ない、話を進行させるために、それっぽく付き合うか。

「いえ、なんでもありません。勇者として、俺、頑張《がんば》りまーす」

「おお、そうかそうか。なぜ急にやる気なのかは理解できんが。とにかく、ゆくのだ、勇《いさ》ましき者よ！」

「うぃーっす。じゃ、今日から張り切ってシフト入りまーす」

「わー、フリーターの若者っぽい不安なノリー」

テキトーに王様をあしらって、謁見室《えっけんしつ》を出る。普通は一国の主に向かってありえない態度だが、幸《さいわ》いこれは夢。こんなんでも、イベントは進行するようだ。特に何か咎《とが》められることもなく、俺はぽてぽてと安い「城っぽい背景《はいけい》の中」を歩き、さらっと城から出た。

「さて、どうするかな……」

城下町《じょうかまち》へと出て、ぷらぷら歩く。……正直《しょうじき》こういう夢は、そんなに好《この》みじゃない。真冬《まふゆ》ちゃんや、この前RPGにハマり出した会長ならいざしらず。

勇者として崇《あが》められるのも悪くはないのだが、それなら、普通に女の子と楽しく過ごす夢の方が数倍好きでは、ある。そういう意味では、こんな夢見てる暇《ひま》あったら、生徒会室で皆《みんな》と喋《しゃべ》りたいなという気持ちが強かった。

「あー、どうしよっかなー。舞台《ぶたい》切り替《か》わんねーかな、夢」

立ち止まり、むむむと念じてみる。俺の夢なのだから、俺が自由に操《あやつ》れていいはずだ。しかし……どうも今日は、うまくいかなかった。なまじ、これは夢だと気付いているのがいけないのだろうか。

しかし、このまま勇者として生きるのも面倒《めんどう》である。そしてここは、平和な城下町。冒《ぼう》険《けん》の必要は、全然無い。

「よっしゃ、それなら……」

ということで。

「町娘《まちむすめ》を、ナンパだ――――！　ファンタジーな世界観の美少女、新鮮《しんせん》――――！」

俺の冒険はまだ始まったばかりだ！　ということで、メインストーリーはここで放棄《ほうき》して、とりあえず可愛《かわい》い女の子を捜《さが》すことにした。そういう目で見れば、なるほど、こういう世界観も悪くはない。

「おおっ！　ピンク髪《がみ》の美少女とか、普通にいるよ！　ファンタジー舞台、最高！」

二次元っぽいキャラクター性を持つ美少女がぞろぞろ。そしてここは、俺の夢！　ナンパ成功率《りつ》は百パーセントのハズ！　ならば……。

「最初に声かけた女の子が、この夢の真ヒロインになるわけだから……。ここは、慎重《しんちょう》に選ぶ必要があるな、うん」

普通に可愛い娘キャラなら、割とその辺をウロウロしている。

道具屋の店番をしている緑髪《みどりがみ》の女の子。武器屋の前を歩いている、しっぽの生《は》えたグラマラスな女性。教会の中にいる、優《やさ》しそうなシスターさん！　どれも現実じゃお目にかかれないレベルの女性達だ。しかし……そこで妥協《だきょう》してはいけない！　この中でも、特に可愛い女の子を落としてこそ、杉崎《すぎさき》……いや、勇者、ケン・スギサキではないかっ！

俺は人通りの多い広場《ひろば》まで出ると、立ち止まり、ギョロギョロと周囲を見回し始めた。

なんかさっきから町人達の視線が痛いが、あれは、勇者に対する羨望《せんぼう》の眼差《まなざ》しだろう。そうに違《ちが》いない。

「どこだ……どこにいる、俺の理想の女子……。…………む！　あれはっ！」

俺の美少女センサーが激しく反応《はんのう》する！　一瞬《いっしゅん》で眼球が彼女の後ろ姿《すがた》を捕捉《ほそく》！

それは、明らかに他と違う女性だった。なんせ、純白《じゅんぱく》のドレスを着ている。頭には、ティアラまで載《の》せている。どう考えても、普通のモブキャラじゃない。案の定《じょう》、すぐ傍《そば》の中年男性が叫《さけ》んでいた。

「姫様《ひめさま》だ！　姫様が、今日もいらっしゃってくれたぞー！」

広場にいた子供達も、彼女の方へと駆《か》け寄っていく。

「わーい！　姫様、姫様ぁー！」

姫様……姫様！　キタ――――――！　姫様キタ――――――！

これだろ！　勇者には、姫様だろ！　これはもう、確実に真ヒロインだろ。この世界での美少女ランキング、トップランカー確実の存在だろ、姫様！

俺の方からは、まだ後ろ姿しか見えない。しかし、もう迷う余地《よち》はない。

俺は彼女に群《むら》がる町人達をかき分け、どうにか彼女の背まで辿《たど》りつくと、とんと彼女の肩に手を置き、輝《かがや》く白い歯を見せつつ挨拶《あいさつ》をした。

「どうも、貴女《あなた》だけの勇者、ケン・スギサキです」

「あ……」

鈴《すず》を鳴らすような、か細い声。なんて美しい声なんだ。それだけではなく、妙《みょう》な安心感までありやがる。まるで、子供の頃《ころ》から接してきたような、とても慣《な》れ親《した》しんだ声だ。

姫様は、ゆっくりとこちらを振り返り……ぱぁっと、その美しい笑顔を俺に向けてくれ——。

「おにぃちゃん！　わーい、おにぃちゃんだぁー！」

「り、林檎《りんご》⁉」

精巧《せいこう》な人形のようにキメの細《こま》かい肌《はだ》、くりくりとした瞳《ひとみ》に、人をホッとさせる笑顔。そこに居《い》たのは、紛《まぎ》れもなく、我《わ》が義妹《いもうと》……杉崎林檎だった。

「りんご？　違うよぉ、アップルだよぉ、おにぃちゃん。忘れちゃったの？」

「へ？　ああ、アップル……アップル姫ね。……安直《あんちょく》な発想だな、俺の夢」

「？」

「や、なんでもない」

そう返し、改めて、林檎……じゃなくて、アップル姫を見る。……あれ？　林檎は林檎だけど……これ、中学時代まんまの林檎だな。容姿《ようし》も言動も、なんか現実より若干《じゃっかん》子供っぽいというか……。あ、そっか。例の一件以降《いこう》、あんまりまともに顔合わせてないもんな。俺の無意識の中では、こっちの林檎の印象《いんしょう》が強いのか。

「おにぃちゃん、おにぃちゃん。アップルに、何か用事？」

お姫様の衣装《いしょう》に身を包《つつ》んだ林檎が、俺を上目遣《うわめづか》いに覗《のぞ》き込んでくる。……うぅ、可愛いなぁ。なんか、涙《なみだ》出てくるよ。ああ、林檎だ……。元気な、林檎だ……。

「？　どうしたの？　おにぃちゃん」

「あ、いや、なんでも……」

「そういえば、なんか、貴女だけの勇者がどうとか……」

「う、うわぁああああああ!?」

思い切り頭を抱《かか》え込《こ》む。……義妹ナンパした。義妹ナンパした。夢とはいえ、義妹を躊躇《ためら》いなくナンパした。中学時代ああいうことがあった後だというのに。夢で義妹をナンパ。……やべぇ、救いようがなさ過ぎるぞ、俺。

「おにぃちゃん……どこか、痛いの？」

「…………」

駄目《だめ》だこれ。耐《た》えられない。色んな罪《つみ》の意識に、耐えられない。もうこうなったら、償《つぐな》いに、この世界をちゃんと救おう。そうしよう。あえて、今回は欲《よく》を押さえて、ちゃんと冒険《ぼうけん》して終わらせよう。それでチャラにするんだ、俺の罪悪感《ざいあくかん》。

「林……じゃなくて、アップル姫。俺は、旅に出る。というより、出家《しゅっけ》する」

「うん。聞いたよ。……でもアップル、やっぱり寂《さび》しいよ、おにぃちゃん。子供の頃からずっと一人《ひとり》っ子《こ》のアップルと遊んでくれたおにぃちゃんが、行っちゃうなんて……」

「あ、そういう設定なのか。しかしここでもやっぱり、本当の兄妹《きょうだい》ではないのか……」

「？」

「あー、なんでもない。じゃ、アップル姫。俺、ちょっと行ってくるよ……。色んなことの償いに、魔王倒《まおうたお》しに、さ」

そう言って、俺は彼女に背を向ける。しかし、アップル姫は「ふぇ？」と奇妙《きみょう》な声を漏《も》らした。

「まおう？　まおうって、なに？」

「ん？　いや、俺、勇者だから。魔王倒しに、行くんだよな？」

「え？　違うよ？」

「へ？　じゃあ俺、何が目的で旅に——」

「おにぃちゃん、『全次元を食い尽《つ》くす史上最悪の災厄《さいやく》・オメガ』を止めに行くんだよね？」

「えええええええええええええええええええええ!?」

なんか凄《すげ》ぇ壮大《そうだい》な敵《てき》だった！

「な、なんだよそれ！　のほほんとした王道の始まり方したくせに！」

「それにしてもおにぃちゃんは、カッコイイなぁ。まさか、アレを一人で止めに行くって志願《しがん》するなんて……凄い勇気！」

「勇敢《ゆうかん》すぎるだろ、俺！　というか、人一人で止められるレベルを超えた存在だろう、それは！　王様もここの住民も、なんでこんなのんびりしてんだよ！」

「え？　だって基本皆、もう諦《あきら》めてるから……逆に最近明るいよね」

「想像以上にシビアな世界観だった！」

こんな夢を作り出す俺の精神は、いよいよ末期《まつき》なのかもしれない。

しかしまあ……敵がなんだろうと、夢は夢。大事なところは俺の思い通りになるであろうことを信じて、前向きに行くことにした。

「なんでもいいや……。じゃあ魔王じゃなくて、なんかその凄いの倒してくるよ。パパーッと。勇者パワーで」

「勇者パワー？　おにぃちゃん、昨日までただのニートさんだったから、そういうパワーは授《さず》かって無いと思うけど……」

「この世界の俺、なんなんだよ！　じゃああれかっ！　ただのニートが急にオメガ倒すって言い出したのか！　勇者でもなんでもない、ただの頭が末期の野郎《やろう》じゃん！」

「で、でもアップルは、おにいちゃんのこと、信じてるよ！」

「！　あ、アップル……」

アップル姫がぎゅっと俺の手を握《にぎ》ってくる。

……妹が俺に期待してくれている。なんてこった。これは、俄然《がぜん》やる気が出てきたぞ。

よっしゃ！　敵がなんだろうが、俺が元ニートだろうが、そんなこたぁ関係ねぇ！　こ
夢とは言え、妹の信頼《しんらい》に応《こた》える機会を貰《もら》えるなんて！

れはなんにせよ、俺の夢だ！　俺が本気で望めば、出来ないことなんてないはず！　それ
に負けたとて、現実じゃあないんだ。失うものなど、何もない！

ようやく元気が出てきた俺は、アップル姫の手を握り返し、ぶんぶんと握手《あくしゅ》をした後、
彼女に背を向けて走り出した！

「サンキュー！　アップル姫！　俺は……俺は、やったるぜぇー！」

「うん、頑張《がんば》ってねー！　おにいちゃぁーん！　しっと、ふぁっく、だよぉ！」

「おう！」

なんかボロクソに罵倒《ばとう》された気がしたが。まあ、あの妹の事だ。どうせ「グッドラッ
ク」と言いたかったかなんかなのだろう。大丈夫《だいじょうぶ》、その辺はもう慣《な》れてるさ！

町の外へと向かって駆《か》け出す俺の背中に、妹からの言葉がまだ追いかけてくる。

「そうそう！　この前、アスカおねーちゃんから聞いた豆知識《まめちしき》ぃ——！　『リアルな夢の中で負《お》った怪我《けが》は、現実の怪我として体に現れることもある。下手《へた》をすれば、死に至《いた》ることだってあるんだぞ』だって！　勉強になるねぇー！」

「なんで今そんなこと言うんだよぉおおおおおおおおおおおおおおおおお！」

俺は泣きながら、城下町を去っていった。

＊

城下町から出てすぐの草原にて。俺は、考えていた。

飛鳥《あすか》のヤツ。いくら幼馴染《おさななじ》みとはいえ、夢の中でまで俺を弄《もてあそ》ぶか……。ふ、ふん。もう、お前ごときに踊《おど》らされてたまるか。俺は、信じないからな。夢は夢、現実は現実だ。夢で死んで現実でも死ぬなんてこと、あってたまるか。

そうさ、夢は夢なんだ。そうでなきゃいけない。それが、常識《じょうしき》。そうだろう？

「あのー、すいません。勇者さん……ですよね？」

「なんだよ、五月蠅《うるさ》いな。今、こっちは忙《いそが》しいんだ！」

俺は額《ひたい》の汗《あせ》を拭《ぬぐ》いながら、何者かの声に応《こた》えた。

「ええと……なにされてるんですか？」

「見て分からないか！　モンスターに気付かれないように、そぉっと壁際《かべぎわ》を移動してんだよ！　分かったら、声をかけるな！　あっちいけ！」

「えと……。あのぉ……モンスターって、あそこの、コロコロウサギ？　えと……あれ、その、雑魚《ざこ》モンスター……ですけど？」

「…………」

「雑魚モンスターの中でも、特に一番弱いモンスター……ですけど？」

「…………」

「……戦わないんですか？」

「戦わない」

「どうしてです？」

「……だって……怪我したくないっつうか……」

「…………」

「…………」

沈黙《ちんもく》。俺の体からは汗がぽたぽたしたたり落ちている。誰《だれ》かが、俺を、なんだか凄《すご》く下の者を見るような目で見ているのが分かる。また、汗が噴《ふ》き出してくる。

俺は……バッと背後《はいご》を振り返り、「誰か」に対して、大きく叫《さけ》んでやった！

「こ、怖《こわ》くなんかないんだからね！　幼馴染みのへ理屈《りくつ》なんて、これっぽっちも信じてないんだからねっ！」

「なんか急にツンデレ反応《はんのう》されましたっ！」

「？」

モンスターから逃《に》げるのに必死で全《まった》く気付かなかったが。振り返れば、そこには、ちょこんととんがり帽子《ぼうし》を頭の上に載っけた、か弱い少女が居た。それも……。

「ま、真冬《まふゆ》ちゃん？」

「？　まふゆ？　ウィンターは、ウィンターですよ」

「ウィンター……」

また安直《あんちょく》な名前のキャラが登場なさった。俺の夢、どんだけ分かりやすいんだ……。

ウィンターを名乗る少女は、見れば見るほど、真冬ちゃんだった。ただ、服装は、とん

がり帽子をはじめ、黒いマントや木の杖《つえ》など……分かりやすく言えば、

「ええと……魔法使《まほうつか》い？」

俺の疑問に、真冬……じゃなくて、ウィンターちゃんは「はいっ」と笑顔で答える。

「申しおくれましたです。王様から命《めい》を受けて、勇者様に同行させて頂《いただ》くことになりました、ウィンターです。よろしくお願いします」

「お。仲間っていうこと？」

「はい。仲間です」

おお。なんか気分はすっかりドラ○エ1……勇者一人旅のつもりだったから、かなり嬉《うれ》しい。俺はウィンターちゃんに、歓迎《かんげい》の意味で手を差し出した。

「よろしくな、ウィンターちゃん」

「はい、よろしくです」

そうニコニコ笑いながらも、俺の手は一切握《いっさいにぎ》らない、ウィンターちゃん。

「……………えと、ウィンターちゃん？」

「あ、ウィンター、皆からは『氷雪《ひょうせつ》の魔女《まじょ》』と恐《おそ》れられる、氷の魔法のエキスパートなのですよ」

「は、はぁ。それは分かったから……あの、握手《あくしゅ》……」

「なので、ウィンター、異性には触《ふ》れられないのです」

「はあ？」

「溶《と》けちゃうのです。熱で。なので、触《さわ》るのは遠慮《えんりょ》させて下さい」

そう言うと、ウィンターちゃんはてくてくと勝手に歩き始めてしまった。……なんか、男嫌《ぎら》いの理由まで、若干《じゃっかん》ファンタジーな設定だなぁ。そうか……溶けるのか……。そりゃあ、流石《さすが》の俺でもおいそれと触れない。くそ、俺に好意を抱《いだ》く美少女と二人旅となれば、ドキドキワクワクのハレンチイベントを期待していたのに……。

俺はさっきのモンスターに気付かれないよう気をつけながら、ウィンターちゃんの横に並ぶ。そうして、触らないよう気をつけながら、話しかけた。

「でもそれじゃあ、女性も駄目《だめ》な設定なんじゃないの？」

「設定？　よく分かりませんが、女性は大丈夫《だいじょうぶ》です。照《て》れないので」

「照れないから大丈夫？」

「はい。ウィンターが異性に触れて溶けちゃうのは、照れるからなのです。体温じゃなくて、ウィンターの『熱《あつ》い気持ち』が、問題なのです」

「なるほど。赤面《せきめん》するようなことが、駄目ということだね」

「そうです。なのでウィンターは、出来るだけ人と接することなく生きてきたのです。部屋にこもって、通信教育で魔法の練習ばかりしていたのです。結果、偉大《いだい》な魔法使いになりました。えへん」

「おおう、強いのに、相変わらずなんか駄目なんだね」

「褒《ほ》めないで下さい。照れます。溶けます」

「わーい、即死《そくし》の可能性が高すぎる仲間が出来たぞー」

男性の敵が現れたらおしまいなんじゃなかろうか。……戦力になるんだかならないんだか分からない子だった。

二人で草原をぽてぽて歩いていると、ふと、ウィンターちゃんが「そうです」と俺に声をかけてくる。

「ウィンターは勇者さんのこと、なんと呼《よ》んだらいいでしょう？」

「え？　いつものように先輩《せんぱい》……じゃ、ないのか。この世界じゃ。ええと、じゃあ……。……旦那様《だんな》で」

「イヤです」

「バッサリだね」

「そうですねぇ……。勇者さんは年上ですけど、仲間としてフレンドリーにいたい気もします。なので……。……スギサキくん。年上でも、あえて、くん付けです」

「なにそのジャ○ーズみたいなシステム」

「気に入りませんか？　じゃあ、先輩でいいです。なんとなく」

「わー、現実と夢がごっちゃだぁー。やる気ねぇー、俺の夢ー」

細《こま》かな設定には拘《こだわ》らないらしかった、俺の深層心理《しんそうしんり》。いや、いいけどね。

そんな下らないことを喋《しゃべ》りながらしばし歩いていると……。

「うっ！　あ、あれは……」

「あー、敵《てき》ですね。エンカウントですねー」

「そういう言葉も使っていいんだ！」

草原の前方から、先程見かけた「コロコロウサギ」が、群《む》れをなして向かってきていた。

これは、どうも既《すで》に気付かれているっぽい。意外とすばしっこいし、もう逃《に》げるのは無理そうだ。

俺はびくびくと震《ふる》えながらも、剣《けん》を構《かま》える。だ、大丈夫。相手は雑魚《ざこ》モンスターだ。俺は、こう見えてケンカもなかなかいける男だ。心配なのは、人外のモノが敵ということだが……。こ、こちらには、「氷雪の魔女」がいらっしゃる！

俺はウィンターちゃんを、縋《すが》るような目つきで見る。

「ウィンターちゃんは、凄《すご》い魔法使いなんだよね？」

「はい、一流です。部屋で一人で、ずっと練習してましたから！　ホント、一人で……」

「妙《みょう》に悲しい背景《はいけい》はさておき！　じゃあ、なんか使って！　先制攻撃《せんせいこうげき》！」

「えぇー。あの程度の雑魚にMP使うのですか？　ううん……まあ、いいでしょう。先輩の頼《たの》みです。聞いてあげましょう。では、いきますよ！」

「おおっ！」

ウィンターちゃんが杖《つえ》を構えた途端《とたん》、彼女を中心として、地面に光の魔方陣《まほうじん》が現れる。ひんやりとした空気が周囲に満ち、ウィンターちゃんはその幻想《げんそう》的な光景のなかで、集中力を高めていく。

これは……思っていた以上に期待出来るかもしれない！　敵が、全部氷漬《づ》けになったりする勢《いきお》いだ！

俺が熱い視線で見守る中……真冬ちゃんは、カッと目を見開いて、呪文《じゅもん》を放《はな》った！

「グ○レカス！」

「ググ○カス!?」

真冬ちゃんが叫《さけ》んだ瞬間《しゅんかん》、コロコロウサギ達の横に「ウィンドウ画面」が開く！

そしてそこに表示される、敵のパラメーター！

「どうですか、先輩！　これぞ情報検索《けんさく》魔法、ググレ○スです！」

「いや、いいけどさっ！　でも、出来ればもっと凄い魔法使って欲しかったよ！　あと、そのネーミングもなんとかしてほしい！」

なんか折角《せっかく》のファンタジーな世界観が、ウィンターちゃん登場以降《いこう》台無しだった。

「むぅ、ワガママですねぇ。じゃあ、どれがいいですか、先輩。ウィンター、色んな最上級魔法覚《おぼ》えてますよ」

「どんなのがあるの？」

「ええと、ギ……」

「お、ギガ○インみたいなのかな？」

「ギザカワユス」

「しょこ○ん!?　それ、どういう効果!?」

「敵が、とても愛らしくなります！」

「要《い》らねぇ！」

「そんなことないですよ！　なんかシリアスに登場したボスキャラとかに使うと、効果絶大です！　威厳《いげん》が、全《まった》くなくなります！」

「緊張感《きんちょうかん》無くなるからやめてくれるかなぁ！　他にはなんかないの⁉」

「他は……えぇと、テラ……」

「お、今度は凄そうだ！」

「テラワロス」

「いちいち世界観壊《こわ》してくるなぁっ、魔法のネーミング！……で、それは……」

「敵が、爆笑します」

「ですよね！　って、そうこうしているうちに、コロコロウサギ達がすぐそこまで！　いいや、もう！　テラワロスでいいよ！」

「了解です！　むむむ……でやっ！　テラワロス！」

『ぎゃはははははははは！』

「うわっ、モンスター達が笑ってる！　キモッ！　なんかキモッ！」

「今です、先輩！　ぶった斬《ぎ》っちゃって下さい！」

「え、あ、うん、そうだね……」

俺は、剣を構えて、コロコロウサギを攻撃しようと……。

『ぎゃははははははははは！』

「攻撃しづらっ！　人間の声で笑いまくるウサギ、攻撃しづらっ！」

「じゃあどうするんです？」

「……逃《に》げようか」

「………………」

　ウィンターちゃんに冷たい目で見られながらも、俺はとても笑うウサギを斬る気にはなれず、俺達はその場から逃げ出す。

「先輩は、低レベルクリアでも目指《めざ》しているのですか？」

「ほっといて」

　俺達はそんな調子で、草原を越《こ》え、隣《となり》の町まで移動していったのであった。

＊

「この村で、お姉ちゃんと合流しましょう」

　村に到着《とうちゃく》した途端《とたん》、ウィンターちゃんがそんなことを言い出したので、俺達はその合流場所である村長の屋敷《やしき》を目指し歩き始めた。ちなみに、村人に話しかけたり、道具屋に寄ったりはしない。低レベルクリアは別に狙《ねら》ってないが、最速《さいそく》クリアは狙っていくことにした。さっさとイベントこなして、このろくでもない夢から覚《さ》めよう。

俺は早足《はやあし》で歩こうとするも、ウィンターちゃんが当然のようにスローなので、仕方なくそのペースに合わせて歩く。

「で、そのお姉ちゃんは、どうせ『サマー』っていう名前の『戦士』か『武闘家《ぶとうか》』あたりなんだろう?」

「あれ? よく分かりましたね。お姉ちゃんは、とても有名な武闘家さんですよ。でも……ウィンター、説明もしてないのに」

「そりゃね……」

流石《さすが》俺の夢。これまた安直《あんちょく》で、凄く予想がしやすい。その割には、ラスボスが予想外すぎるが。マゾっ気《け》でもあるのだろうか、俺。

村長の家は、これまた安直に村で一番大きく、小高い丘《おか》の上で見晴《みは》らしもいい、とても分かりやすい家だった。ノックもせずに、さっさとその家に入っていく。

「どうもー。逃げ足に定評のある勇者でーす」

「史上最強の魔法使いでーす。HP1ですけど」

ありえない自己紹介《じこしょうかい》をしながら、ガシガシと入室。とりあえず視界の端《はし》に箪笥《たんす》をみつけたので、上の段から順にガサ入れを開始した。なんか使えるもんねーかなー。お、へそくり発見。貰《もら》っとこう。

「勇者の定番行為《こうい》ですけど、実際見ると結構《けっこう》引きますね……」

なんかウィンターちゃんが相変わらず冷たい視線を俺に注《そそ》ぎまくっているが、知った事じゃない。使えるものは全部使って、俺はさっさとクリアするんだ、この夢。

「おー、ウィンター。遅《おそ》かったじゃねぇか」

そうこうしていると、居間《いま》にいた人物に声をかけられた。案の定《じょう》、ちょっと露出《ろしゅつ》の多い、スリットの入った武闘着をつけた深夏《みなつ》だ。テーブルにつき、なぜか漫画《まんが》肉を頬張《ほおば》っている。その対面の席には、ニコニコと優《やさ》しそうなおじいさん。サンタみたい……って、衣装《いしょう》以外の描写《びょうしゃ》が王様の使い回しだ！　相変わらずやる気ねぇな、俺の夢！　「おじいさんの容姿《ようし》」フォルダ、どんだけ貧困《ひんこん》なんだよ！

とりあえず、テーブルの方に近づき、サマーに声をかける。

「どうも、勇者です。初めまして」

「おう、ケン。遅かったな」

「うっわー、もう、初対面設定もないのかー。この夢、ホント手抜《てぬ》くとこ抜くな！」

俺がなんだか複雑な感情に襲《おそ》われていると、ウィンターちゃんが部屋の様子を見て、首を傾《かし》げる。

「ええと？　お姉ちゃん、どうしてパーティみたいなことしてるの？」

言われてみれば、確かに。村長はニッコニコと上機嫌《じょうきげん》だし、テーブルの上には、サマーが平《たい》らげたのであろう料理の皿《さら》がたんまりのっかっている。

俺達の疑問に、サマーは肉を咀嚼《そしゃく》しながら答えてきた。

「もぐもぐ。ああ。んぐ。暇《ひま》だったから、先にこの村を苦しめていた怪物《かいぶつ》『カチクイーター』を……もぐもぐ。倒《たお》してきた。ごっくん」

「うっわー。イベント先に潰《つぶ》されてたー」

この夢は、リアルタイム制なのでしょうか。勇者のいないところでも、世界は動いているタイプなのでしょうか。

ここにきて、ようやく村長さんが発言する。

「そういうわけでして、勇者殿《どの》。うちの村は、特に貴方《あなた》に用事はないのですじゃ。どうぞ先へ進んで下され」

「冷たっ！　え！　勇者って村救わない場合、こういう扱《あつか》いなの⁉」

「おっしゃ！　じゃ、メシ食ったし、行こうぜ、二人とも！」

サマーが席から立ち上がり、俺達を促《うなが》す。村長の家を出て、そのままの足で村の出口まで、彼女は俺達の前を、リーダーの様に颯爽《さっそう》と歩いていく。そして……。

『ありがとー！　ありがとー、サマー様ー！』

「おう！　じゃあなー！　お前達も姉弟《きょうだい》仲良く、達者《たっしゃ》で暮《く》らせよー！　もう、自分から生け贄《にえ》になろうなんて、悲しいこと言うんじゃねえぞー！」

サマーが、ぶんぶんと村人達に手を振っている。なぜか、ちょっと可愛《かわい》らしいお姉《ねえ》さんと、活発そうな弟が涙目《なみだめ》で深夏を見送っていたり……。

「なんか、感動のイベントがあったんでしょうね……」

ウィンターちゃんがぼそりと呟《つぶや》く。

「言うな。考えないようにしよう。全部持ってかれたとか、思わないでおこう」

「……ふふ。思えば、昔からお姉ちゃんはそうでした。それに比《くら》べ、ウィンターちゃん」

「うん、落ち込《こ》んでもいいから、とりあえず歩こうね、ウィンターは……」

「よっしゃ、ケン、ウィンター！　あたし達の冒険は、まだ始まったばかりだぜ！　いくぜ！　未来へと向かって、ジャンプ！」

「意味もなく跳躍《ちょうやく》すんなよ！　なんなんだよ、お前のその主人公属性《ぞくせい》！　ああ、もう、夢の中でまで面倒臭《めんどうくせ》ぇ姉妹《しまい》だなぁ！」

そんなわけで、ある意味最強の姉妹二人を仲間に加え、俺の……いや、サマーの物語っぽいものは、続くのだった。

＊

「とう！」

「ぐはっ！」

サマーは《屍魂魔術師《しこんまじゅつし》・ドグラマグーラ》を倒した。経験値３２００を獲得《かくとく》した。

ケン・スギサキはレベルアップ。43レベルになった。

ウィンターはレベルアップ。52レベルになった。

「よっしゃ！　これで敵の幹部《かんぶ》は残り一人！　ガシガシ行くぜぇー！」

『……おおー』

俺とウィンターちゃんは、薄暗《うすぐら》い洞窟《どうくつ》のなかをトボトボとサマーについていく。あ、ちなみにさっきサマーが倒したの、ここのボスらしいですよ。そしてこの夢、ファンタジーっつうより、ゲーム的な世界観らしいですよ。だから、イベントをこうして着実にこなしていけば、いつかゴールに着くみたいですよ。まあ俺達、ついてきてるだけなんで、イベントの流れよく知りませんがねっ！　ＨＡＨＡＨＡ。

「こうなってくると、ウィンター、何もしてないのに経験値入ってくるこのシステムが、とても悲しくなってきます」

「奇遇《きぐう》だね、ウィンターちゃん。俺も、感じていたところだよ。なんなんだろうね、経験値って。経験の値《あたい》なのに、どうしてターン回ってこない俺達にまで、入るんだろうね」

深夏……サマーのパーティイン以降《いこう》、俺達は本当に何もしていなかった。なんせ、彼女は最強の武闘家《ぶとうか》。素早《すばや》いわ、攻撃力《こうげきりょく》高いわ、敵察《さっち》知能力も高いわで、俺達に活躍《かつやく》の機会が一切《いっさい》回ってこない。

「やー、冒険《ぼうけん》は楽しいなぁー。なぁ？」

『そーですね』

サマーは活《い》き活《い》きしていた。……深夏、こっちの世界の方が向いてるんじゃないだろうか。まさに独壇場《どくだんじょう》。

俺もウィンターちゃんも、基本はなまぐさである。だから、何もせずに強くなり、何もせずにイベント進むなら、特に問題もないハズなのだが……。

「なんでしょうね、この、いたたまれない気持ち。クラスメイトの元気な子が、良かれと思って、運動全《まった》く出来ないウィンターをドッジボールに誘《さそ》ってくれた時の、あの感覚にとても良く似《に》ています」

「うわ、よく分かる！　案の定ボロボロのプレイでチームに迷惑《めいわく》かけてしまって、なんかグダグダになったりするんだよね！……誰も悪くはないんだけどね……」

「はい……。誰も悪くは、ないんですけどね……」

「二人とも、この調子でどんどん進もうぜぇー！　あたし達は、最強パーティだぜ！」


『（あたし達？）』


そんなこんなで、「ガキ大将《だいしょう》とモヤシッ子達」とネーミングしてやりたい微妙《びみょう》にチームワークの無いパーティは、武闘家のワンマン冒険で恐《おそ》らく中盤《ちゅうばん》と思えるところまで来ていた。俺としては、アップル姫《ひめ》への罪滅《つみほろ》ぼしのために冒険へと出たところあるので、先に進めてるとはいえ、ウィンターちゃんと同じで微妙に納得《なっとく》いっていなかったりするのだが。

洞窟の中を入り口へと戻《もど》りながら、サマーが俺に訊《たず》ねてきた。

「さて、次は誰を倒せばいいんだっけ？」

「どこ行けばいいじゃなくて、まず倒すことありきなんだな、お前の冒険に対する認識《にんしき》」

「？　それが普通だろ？」

「間違《まちが》っちゃいないんだが……」

サマーは、やはり冒険向けのキャラでもないのかもしれない。戦闘《せんとう》の無いお使いクエストとか、完全にスルーしそうだ。

俺はボンヤリと今までの流れを思い出して、サマーに答える。

「ええと、確かオメガを倒すために必要な『勇者の剣《けん》』とやらを取りに行くんだったような……」

「おお、それはまた、試練《しれん》として強いモンスター出てきそうだな！　楽しみだぜ！」

「そっちを楽しみにすんのかよ……」

「いや、『勇者の剣』の方も楽しみだぜ？」

「そうなのか。確かに、サマー好《ごの》みの王道な匂《にお》いのする武器《ぶき》だもんな」

「おう！　今から、どれくらいあたしの攻撃力が上がるのか、楽しみだぜ！」

「お前が装備《そうび》するのかよ！　どう考えても、それは俺の装備だろう！」

「ええー。いいじゃねえかよー。ケチー」

「いやいやいや、お前、そもそも武闘家だからね？　その強さの上に剣装備出来るんだったら、なんのための職業か分かったもんじゃないからね？」

「絶対あたしの方が、似合《にあ》うのに」

「そういうこと言うなよ……。せめて専用装備ぐらい、俺にくれよ……」

サマーの相変わらずの主人公っぷりに、ため息を吐《つ》く。

しばし歩いていると、ウィンターちゃんが「あ」と声をあげた。

「先輩《せんぱい》、お姉ちゃん！　宝箱《たからばこ》ありますよ！　来るときは物陰《ものかげ》になって見落としてました！」

「おお、でかしたぞ、妹！　それで、何が入ってんだ？」

「今、開けますよー」

そう行って、ウィンターちゃんは宝箱をギィと開ける。すると、それはモンスター……だったりはせず、ちゃんとアイテムが出てきた。

ウィンターちゃんが、「やりましたっ！」と何か喜んでいる。俺とサマーが近づいていくと、ウィンターちゃんは「それ」を手にしてくるっと振り返った。

「やりましたよ、先輩！　女性専用のレア装備、『プリティドレス』です！　わー、可愛《かわい》いですねー。魔力《まりょく》が上がることもさることながら、この可愛らしさには、それ以上の価値《かち》があります！　オンラインゲームだったら、他にいい防具《ぼうぐ》あっても、こっちを装備しちゃう勢《いきお》いですよ！」

「もう、オンラインゲームとかそういう単語もありなんだね、この世界……」

俺は辟易《へきえき》しながらも、ウィンターちゃんが嬉《うれ》しそうに体に合わせているそのドレスを見る。確かに、神秘的《しんぴ》に淡《あわ》く光る薄桃色《うすももいろ》の生地《きじ》や、異様《いよう》に凝《こ》ったフリルや刺繍《ししゅう》など、男の俺の目から見ても、カワイイと思える衣装《いしょう》だった。

そして……それに反応《はんのう》していたのは、何も、俺だけじゃなかったみたいだ。

唐突《とうとつ》に、サマーが「こほん、こほん」と咳払《せきばら》いを始める。俺とウィンターちゃんが目を向けると、サマーは視線を逸《そ》らし、もごもごと口を動かした。

「あー、なんだ。その装備品だけど……ウィンター、装備するのか？」

「？　うん、そうするけど……。魔力が上がる装備だし」

「う、うん、そうだよな。……ただ、な。ええと……あえて、あたしが着るという選択肢《せんたくし》も、その、あるんじゃないかな、うん」

「へ？　いや、お姉ちゃん、武闘家だから魔力上がっても……」

「い、いや、だからな。あえてだよ、あえて」

「あえての意味が分からないよ……」

サマーが、なにやら粘《ねば》っている。俺は、「つまり……」とサマーの言いたいことを要約してみることにした。

「サマーは、『プリティドレス』が着たいのか？」

俺のその質問に、サマーはなぜか急激に顔を赤くする。

「ば、バカ、そんなわけねぇだろ！　ふざけんなよ！　あたしは武闘家だぜ！　えぅ……そ、そんなの、着たくねぇよ！　べつに！」

「じゃあ、ウィンター、早速《さっそく》装備してきま——」

「ちょ、ちょっと待て、ウィンター！　ええとその、そこを、『あえて』、あたしが着るという選択肢は、本当にねぇかな？」

「ふぇ？　いや、無いと思うけど……」

「ほら、魔力がある武闘家ってのも……悪くないんじゃねぇかな」

「そういうのを、宝の持ち腐《ぐさ》れって言うんじゃ……。えと、つまりお姉ちゃん、これが着たいの？」

「ばっ、ばっかじゃねえの！　着たくねえよ！　そんなフリフリしたの、着たいわけねーじゃねぇか！　動きづれぇ！　武闘家の着るもんじゃねえよ！」

「じゃあ、ウィンター、装備して——」

「い、いや、そこをだな——」

『…………』


……そんなわけで、30分後。

「あ、あーあ、動きづれぇなぁ。……ふふっ。……はっ！　い、いや、全然着心地《きごこち》とか良くねぇし！　破《やぶ》けたらイヤだから、戦えねぇし、最悪だな！　うん。………ふふっ」

『………』

なんか服に対して文句《もんく》ばかり言いながらも、口元のにやけは全然止まっていない、とても可愛らしい武闘家さんが出来上がっていた。……武闘家？　あの、髪《かみ》もほどいてドレスでしずしずと歩く美少女が？……いや、断じて違う。あれはもう、武闘家を名乗ってはいけないだろう。事実、さっきから全《まった》く戦闘に参加しなくなりやがった。おかげで、俺とウィンターちゃん、急に大忙《おおいそが》しである。

ウィンターちゃんが、「はぁ」とため息をつく。

「我《われ》ながら、面倒臭《めんどうくさ》いお姉ちゃんです……」

「大丈夫《だいじょうぶ》、キミも負けず劣《おと》らず面倒臭いから」

「でも、我ながら可愛いお姉ちゃんです！」

「そうだなぁ。でも大丈夫。ウィンターちゃんも、負けず劣らず可愛いから！」

というわけで、仲間を口説《くど》く勇者、姉萌《も》えに目ざめた魔法使い、戦えなくなった武闘家

さんという、とてもアレなパーティで冒険は続くのだった。

＊

「はぁ、はぁ……辛《つら》い」

「ふぅ、ふぅ……ウィンターもMPがもう……」

「二人とも、だらしねぇなぁ」

『………』

サマーがドレスを着てから、数時間。ドレスが破けたらいけないとの理由で、今まで主力だった武闘家がまさかの戦線離脱《りだつ》。それによって、俺とウィンターちゃんの活躍《かつやく》が増えたのはいいが……いくらなんでも、増えすぎだった。

勇者の剣がある『絶望《ぜつぼう》の森』とかいうダンジョンで、二人でこなす雑魚《ざこ》との連戦に、俺達は文字通《もじどお》り絶望していた。レベルだけはそこそこあったから、まだ大きな怪我《けが》もなく進んでこられているが……そろそろ、限界である。体力的に、限界である。

「夢なのに……ファンタジーな世界観なのに……どうしてこうも、リアルに疲《つか》れるんだろう。ぜぇ……ぜぇ」

現実世界の俺は、現在、大層《たいそう》うなされていることだろう。ある意味悪夢《あくむ》とかより厄介《やっかい》だぞ、『リアル疲労《ひろう》』。

「ウィンター、限界ですぅ」

ウィンターちゃんがぺたんとへたり込《こ》んでしまったのを機に、俺も、その場に座《すわ》り込む。

ただ一人、全く戦わずに来たサマーだけが、「早く行こうぜぇ」と元気そうだった。

もう、文句を言う気力も無い。やばい。このままだと、完全ジリ貧《ひん》だ。ゲームオーバーだ。心臓停止だ。……い、いや、心臓停止は無いだろう、うん。いくらリアルな夢だからって、まさか、現実で死んだりなんか……。…………。…………。

「……ひっく」

「なぜか先輩《せんぱい》が急に泣き出しました！」

「なに勇者が泣いてんだよ！　どうしたんだよ、お前！」

「疲れたよぅ……ちっちゃい怪我が地味に痛いよぅ……帰りたいよぅ」

「ああっ！　先輩の心が完全に折れてます！　ヘタレです！　ヘタレ主人公化です！」

「お、おい、ケン。元気出せよ」

姉妹に励《はげ》まされるも、しかし、疲労と怪我はどうにもならない。俺は膝《ひざ》を抱《かか》え込み、体育座りで——

「《慈愛《じあい》の光》」

『！』

唐突《とうとつ》に、上空から俺達へと光の粒《つぶ》が降《ふ》り注《そそ》いでくる！　そして同時に、消えて行く俺の小さな傷と、疲労感！

「こ、これは……」

「ふふふ、癒《いや》しの魔法よ」

「あ、貴女《あなた》は！」

森の木々の陰《かげ》から出てきたのは、白い清潔《せいけつ》感あるローブに身を包んだ――

「知弦《ちづる》さん！」

「待たせたわね、キー君。……あ、ごめんなさい。知弦じゃないわ。ええと、じゃあ、モミジあたりで。賢者《けんじゃ》の、モミジということで一つ。キー君は……面倒臭いから、キー君でいいわね」

「ひゃっほう！　挨拶《あいさつ》からして世界観ぶち壊《こわ》しだぜ！　だがそこにシビれる！　あこがれるゥ！　待ってたぜ、知弦さん！　じゃなくてモミジさん！」

「おお……ケンが心身共《とも》に元気になってる」

「癒しの魔法を使ったのよ。賢者は、ただの魔法使いとは違って、あらゆる魔法のエキスパートだからね。なんでも出来るのよ」

《グサリ》

知弦さんの自己紹介《じこしょうかい》に、何かが刺《さ》さるような音が聞こえたかと思うと、なぜかウィンターちゃんが胸《むね》を押さえていた。しかし、俺とサマーは全力で歓迎《かんげい》する。

「いやぁ、回復魔法ですか！　それですよ！　そういう魔法が欲しかったんですよ！」

《グサリ》

「賢者かぁ！　なんか、『魔法使いよりワンランク上の存在』って感じだな！」

《グサリグサリ》

さっきからどこかに矢が刺さりまくっている音がするけど、まあ、気にしない。ウィンターちゃんが端《はし》っこの方でプルプル震《ふる》えながら蹲《うずくま》っているけど、まあ、お腹《なか》が痛いか何かだろう。放っておこう。

俺はモミジさんに改《あらた》めて話しかける。

「それにしても、モミジさんが回復魔法とは……ちょっと意外なキャスティングだなぁ、俺の夢」

「そうかしら。……あ、一つ説明忘れてたけど、さっきの回復魔法の《慈愛の光》なんだけど……」

「ああ、アレのおかげで凄《すご》い元気元気ですよ！　アレが、どうかしたんですか？」

「ええ。あのね。《慈愛の光》は、傷や体力を回復させるわけじゃないの」

「へ？　いや、だって、現にこうして元気に——」

「いえ。あれは、『幻覚《げんかく》で元気になったと思い込ませる』魔法なのよ」

『ええええええええええええええええええええええええ!?』

姉妹も含《ふく》め、その場に衝撃《しょうげき》が走る！　しかし、知弦さんは優《やさ》しそうに微笑《ほほえ》むばかりだった。

「皆が元気になってくれて、私は、嬉《うれ》しいわ」

「いやいやいやいや！　なにその騙《だま》し騙しな治療《ちりょう》！　ただの麻酔《ますい》……いや、これは、最早《もはや》麻薬《まやく》みたいなもんですよ！」

「そうね」

「あっさり認めた!?」

「だって、私の使う魔法よ？」

「ああっ！　なんか凄く納得《なっとく》してしまいました！」

「一瞬《いっしゅん》で怪我《けが》を治《なお》そうなんて、おこがましい。キー君。人にはね、出来ることと、出来ないことがあるのよ。覚《おぼ》えておきなさい」

「初対面で仲間に幻覚見せておいて、なんでそんなに偉《えら》そうなんですか、モミジさん！」

俺達の文句《もんく》を受け流すように背を向け、モミジさんは先へと歩き出す。そうして……絶句する俺達の方へくるりと振り返り、作った『可愛い顔』でウィンク。

「というわけで皆、今後も賢者モミジの魔法に、期待してね☆」

『（絶対頼《たよ》らないようにしよう！）』

俺達は深く、深く胸に刻《きざ》み込《こ》んだ。

＊

モミジさんの加入により戦力が増強《ぞうきょう》した俺達は、その後も順調に冒険を続けた。特に俺達を勢《いきお》いづけたのは、回復ではなく、攻撃に回った際のモミジさんである。彼女の攻撃魔法は……それはそれは、えげつないものだった。見せられるレベルの範囲《はんい》内で紹介《しょうかい》すると。

・幻覚魔法《幼心の傷《おさなごころ》》……相手のトラウマを抉《えぐ》りに抉る幻覚を見せ、無力化。
・支配魔法《奴隷の屍《どれいしかばね》》……相手を支配下に置き、その後はボロ雑巾《ぞうきん》の様に……。
・猛毒《もうどく》魔法《地獄《じごく》の泡《あわ》》……体中に緑色の気泡《きほう》が湧《わ》き上がり、そして――（R18）。
・快楽《かいらく》魔法《粉《こな》状の夢》……ダメ、絶対。
・人質《ひとじち》魔法《内縁《ないえん》の妻《つま》》……最早《もはや》魔法でもなんでもない。
・買収《ばいしゅう》魔法《金銭《きんせん》の力》……なんでも魔法をつければいいというものではない。
・召還《しょうかん》魔法《美女の虜《とりこ》》……要は俺。
・究極《きゅうきょく》魔法《終末《しゅうまつ》の光》……世界が四つ滅《ほろ》ぶほどの威力《いりょく》らしい。使う機会無し。

「んー、冒険って、健康的でいいわねー」

「そうですかねぇ！」

モミジさんがぐっと背伸《せの》びしているところに、ツッコミを入れる。なんだかんだで終盤《しゅうばん》の現在、俺達は最終決戦の場へ赴《おもむ》くための移動手段を手に入れるため、高い高い塔《とう》を上っていた。おかげで、景色《けしき》は抜群《ばつぐん》である。そういう意味では、モミジさんが爽《さわ》やかそうにしているのも分からないではないのだが……。納得は、いかない。

後ろからゆっくりと追いついてきたウィンターちゃんが、大きく息を吐《は》く。

「ふぅ。結構上りましたね。そろそろ最上階でしょうか」

「そうみたいだな。ほら、次の階段の上から、光がさしてる。早く行こうぜ、ケン」

「ああ、それはいいけど……」

「大丈夫《だいじょうぶ》よ、キー君。道中の敵《てき》は私に任《まか》せて！」

「それがイヤなんですけどねっ！」

そうは言いつつも、進まなければ仕方ない。俺達は最上階へと、その足を進めた。

「おお……」

「これは……」

そこにあったのは……いや、居《い》たのは、巨大《きよだい》な鳥だった。こちらに背を向け、翼《つばさ》は畳《たた》んでいるが、それでもその大きさのほどは推《お》し量《はか》れる。

人間四人を背に乗っけて飛ぶぐらいは、充分そうだ。うんうん、飛空艇《ひくうてい》もいいけど、やっぱり空飛ぶ手段といったらこれだよな。怪鳥《かいちょう》。

「そういえば、麓《ふもと》の村で怪鳥の噂《うわさ》とかあったもんな……」

サマーが呟きつつ、鳥に近寄《ちかよ》っていく。すると、怪鳥はぐるんとこちらに首を向けた。

そして……俺達と視線が合うと。

「なんで私が鳥なのよ――――――――――――――――――！」

『うわっ』

急に喋《しゃべ》り出した鳥に、俺達は仰《の》け反《ぞ》る。なんだなんだ。お、オウム？　オウムかなにかなのか？　いや、でもこの声色《こわいろ》、どっかで聞いたような……。

ウィンターちゃんが、サマーの背に隠《かく》れながら呟《つぶや》く。

「怪鳥さんが喋りました……」

「私が喋って、何が悪いのよ！」

「ひぃっ」

鳥にツッコマれて、真冬ちゃんは完全にサマーの背へと隠れる。……しかし、さっきからこの声、誰かに似《に》て……。

鳥は、翼を手のようにおりまげ、まるで人間が腰《こし》に手を当てるような挙動《きょどう》をする。

「まったく！　配役《はいやく》がおかしいよ！　どうして会長たる私が、こんな」

「怪鳥？　なら合ってるんじゃ……」

「なにが合ってるのよ！　私は、会長なの！」

「ええ、怪鳥ですね」

「そう、会長！」

「はい、怪鳥です」

「…………」

「…………」

あれ。なんか、話が噛《か》み合ってない？　それに、さっきから「かいちょう」っていう響《ひび》きと、この声で何か思い出しそ——あ。

「もしかして、会長？」

「何回会長って言えば気がすむのよ！　そうよ！　会長よ！」

どうやら、この怪鳥は会長らしかった。……ややこしいな。っていうか遂《つい》には駄洒落《だじゃれ》かよ、俺の夢！　センスねぇな！　しかも……。

「ええと、怪鳥。もとい、会長」

「なにをどう言い直したのよ、今」

「モミジさんと同じで、自分が現実だと生徒会長であることとか、分かってる感じですか？」

「そんなの、とーぜんだよ！　だって、会長だもん！　というか、そこの役に入り込みやすすぎる姉妹だって、本当は絶対分かってるんだよ！　分かっててやってるんだよ！」

鳥が胸《むね》を張っている。仕草がいちいち会長だ。

まあとにかく、状況《じょうきょう》を分かってくれているのはありがたい。俺は、話を先に進めることにした。

「そんなわけで、会長。いや、むしろ怪鳥」

「言い直さなくていいよ！　どっちがどっちの『かいちょう』だか、スギサキにしか分からないし！」

「俺達を乗せて、最終決戦の地まで送って下さいよ」

「やだ」

カイチョー（もうどっちの字か考えるのはやめよう）は、ぷいっと顔を背《そむ》けた。もこもこした巨大な鳥が、拗《す》ねている。……これはこれで、妙《みょう》に可愛《かわい》かった。

「ワガママはダメですよ」

「だって、気に入らないよ！　どうして私が勇者じゃないのよ！」

「そりゃあ、俺の夢ですし……」

「だとしても！　よりにもよって、なんで鳥なの!?　どーしてパーティメンバーどころか、人間でさえないのよ！」

「俺の無意識に聞いて下さいよ……。まあ、会長と怪鳥で結《むす》びつけただけっぽいですが。あと、会長と言えばアニマルなんで、その辺の結びつきじゃないでしょうか」

「変更《へんこう》を要求するわ！　スギサキ、変更して！」

「いや、ごめんなさい、無理です。この世界、ゆるゆる設定なくせして、俺の意思《いし》は反映してくれないもんで……」

「う……うわぁーん！　人間になりたーい！」

「そんな、妖怪《ようかい》人間みたいなこと言わないでも……」

俺がすっかり困《こま》っていると、モミジさんにぽんと肩を叩《たた》かれた。そして、俺からバトンを受け取るように、今度はモミジさんがカイチョーと向き合う。

「アカちゃん」

「うぅ……知弦ぅ。鳥やだよぅ。知弦、代《か》わってよぅ」

「うん、出来れば私もそうしてあげたいけれど……でも、それは無理というものよ、アカちゃん。だって、私、賢者《けんじゃ》よ？　アカちゃんと交代《こうたい》なんて……」

「ふぇ？　それの何が無理……」

「賢《かしこ》い者と書いて、賢者なのよ？」

「う……うわぁあああああああああん！」

元気づけるのかと思いきや、まさかの追い打ちだった！　モミジさんはしかし、泣きじゃくるカイチョーのモコモコした頭を、ぎゅっと胸に抱《だ》き寄せる。

「ううん、可愛いわぁ。普段《ふだん》のアカちゃんもいいけど、肌触《はだざわ》りのいいアカちゃんも捨《す》てがたいわね」

「うわぁん、この親友、あやしてくれてるんじゃなくて、自分が撫《な》でたいだけだぁー。うぇえん」

「……特注の鳥かごを用意しないと」

「捕獲《ほかく》される⁉」

「ふふふ、これでアカちゃんは、ずっと私のモノよ……」

「うっ！　……スギサキ！　や、やっぱり私、協力するよ！　冒険、協力するよ！」

「どうしたんですか、急に」

「早くオメガを倒《たお》して……冒険を終わらせようね！　この世界から、帰ろうね！」

「え、ええ……」

なぜかカイチョーが急にやる気を出してきた。見れば、モミジさんは異様《いよう》な目つきでカイチョーを見ているし、カイチョーは一切《いっさい》そのモミジさんと目を合わせないよう、こちらを見ている。

まあよく分からんが、とにかく怪鳥は協力してくれることとなった。

つまり。

俺達は遂に、最終決戦へと挑《いど》む準備を、終えたのだ！

＊

まあそこから、最終ダンジョン、及《およ》びそれが崩《くず》れたりなんだりするイベントが少々ありまして。最終的には、カイチョーの背に乗って、上空に浮《う》かぶラスボスとの戦闘《せんとう》へと、突《とっ》入《にゅう》したのだった。……ようやくである。ようやく、ここまで来た。しかしそれにしても今日の夢、長くね？　起きたら三年ぐらい経《た》ってたりするとかいうオチでも、なんら不思議じゃないんだが。

「スギサキ！　なにをボンヤリしてるの！　来るよ！」

カイチョーが、俺達を背に乗せてバッサバッサ飛びながら、注意を促《うなが》してきた。

夜でもないのに、真っ暗闇《くらやみ》に染《そ》まった不気味《ぶきみ》な大空の中。漆黒《しっこく》の雲の中から、『それ』

はその姿《すがた》を現した。

「な……なんだよ、あれ……」

サマーが……いや、全員が、その異形《いぎよう》に絶句する。

奈落《ならく》の深淵《しんえん》を思わせる深い闇の球形。その中心から、巨大な『歯』と『舌《した》』だけが、不気味にこちらへ覗《のぞ》いている。それはまさに、『喰《く》う』という概念《がいねん》の化身《けしん》。

「……悪夢《あくむ》だ」

正《まさ》に、夢の中でしかありえないような恐《おそ》るべき存在だった。……どうしよう。勝てる気がしない。そして、夢の中でそう思っちゃった時って、大抵《たいてい》、どうにもならない。

俺は同様にびくびく怯《おび》えるメンバーに向かって、安心させるような爽《さわ》やかな笑顔で、宣《せん》言《げん》してやった。

「さて、帰るか」

「いや駄目《だめ》だろ！　あれ放置《ほうち》しちゃ、駄目だろ！」

サマーにツッコまれる。俺は、ぶーと口を尖《とが》らせた。

「じゃあサマーが戦えばいいよ。好きだろ、こういう状況。俺も、精一杯応援《せいいっぱいおうえん》するから」

「い、いや……戦うのは好きだけど、ああいう実体無さそうな不気味なタイプはちょっとな……」

「じゃあ、ウィンターちゃんかモミジさんは？　魔法とか、効《き》きそうだけど」

「ウィンターはお断《ことわ》りです。あれは、凍《こお》らないと思います」

「私もイヤよ。私の魔法、基本騙《だま》し騙しだもの。ああいう化物《ばけもの》相手は、無理よ」

「……カイチョーは……」

「嘴《くちばし》でつつく？」

「……ごめんなさい、元から戦力外ですよね」

「その表現は腹立つけど、事実っ！」

「でも、それじゃあ……」

『…………』

全員の視線が俺に突《つ》き刺《さ》さる。俺は「いやいやいやいや」と慌《あわ》てて手を振る。

「俺、ただの元ニートだし。無理ッス」

「でも勇者じゃねぇか」

「勇者パワーの無い勇者なんて、勇者にあらず！」

「なんで自信ありげに言うんですか、先輩《せんぱい》……」

「というわけで、もう議論の余地《よち》は無いな」

『………』

全員の意思《いし》が、一つになる。最終決戦にして、俺達は一致団結《いっちだんけつ》した。これぞ、絆《きずな》の力。

長い旅で育《はぐく》まれた、信頼《しんらい》の証《あかし》。言わなくても伝わる、以心伝心《いしんでんしん》。

ラスボス戦にて、まさかのコマンド選択《せんたく》。

《逃《に》げる》

「カイチョー、逃げてぇ――――――!」

「分かった! 全速力でこの空域《くういき》を離脱《りだつ》――」

「ど、どうしたの、アカちゃん」

なぜか、カイチョーはバッサバッサ羽ばたいているのに、全然オメガから離れていかない。それどころか、むしろさっきよりオメガが大きくなって……。

「に、逃げられないー! なんか吸《す》い込《こ》まれてて、逃げられないよぅー!」

『えええええええええ!』

ラスボス戦は逃げられなかった! いや、当然だ! そりゃそうだ!

俺達はガックリと肩を落とすものの、同時に、腹をくくる。

「仕方ない……。まあ逃げても、世界滅《ほろ》ぶからな……」

「うぅ……ウィンターも、駄目元《だめもと》で魔法撃《う》ってみます……くすん」

「物理攻撃《ぶつりこうげき》が通用する気しねぇけど、あたしも、やるだけはやってみるか……。しかし、無駄死《むだじ》にか……はぁ」

「回復は任《まか》せておいて。……いくらか延命《えんめい》は出来ると思うから……」

全員の暗い呟《つぶや》きに、カイチョーが叫《さけ》ぶ。

「後ろ向きっ！　もっと元気出していこうよ！　こんなテンション低い最終決戦、見たことないよ！」

「……鳥は、能天気《のうてんき》でいいですね」

「鳥さんバカにしないでよ！　頑張《がんば》ってるよ！　鳥さんだって、頑張ってるんだよ！　このバッサバッサするの、結構疲《つか》れるんだよ！」

カイチョーと話していると、いくらか元気が出た気もする。俺達は、それぞれ武器《ぶき》を構《かま》え、オメガの方を見やった。

《グォオオオオオオオオオオオ》

……………。……勇者の剣を構えたはいいけど、あれ、ホントにどうするんだろう。岩とか木とか海水とか、ガンガン吸い込んでいるんですけど。近づいたら、おしまいなんじゃないでしょうか。攻撃するとか、そういう問題ではないんじゃないでしょうか。

あれだ。何かに似《に》てると思ったら、ブラックホールだ。そんなものに、鳥に乗って剣やら拳《こぶし》やらで挑《いど》もうとしている俺達は、一体なんなのだろうか。勇者のパーティというより、ただの阿呆《あほ》集団にしか思えない。

改《あらた》めてげんなりしていると、唐突《とうとつ》に、俺の頭の中に声が響《ひび》き渡《わた》った。

《おにいちゃん！　大丈夫《だいじょうぶ》？　アップルだよ》

「お、アップル？　どうした。っていうか、なんだこれ」

周《まわ》りを見ると、皆は何も反応《はんのう》していない。どうやら、俺だけ聞こえているらしい。

《想《おも》いの力だよ！　おにぃちゃんを想う沢山《たくさん》の人の想いが、なんだかんだで届《とど》いているんだよ！》

「おお、なんだかんだで届いているのか。まあ、そこまで沢山の人と関《かか》わった覚えないけどな！　俺の冒険、中身特に無かったからな！」

実際アップルの声しか聞こえてない。彼女しか、パーティメンバー以外だとまともに関わってないからなぁ……。

《おにぃちゃん、諦《あきら》めないで。アップル、応援してるから！》

「お、おぅ。……義妹の声でそう言われると、確かにやる気は出るな……」
《あ、それとおにぃちゃん！　アスカお姉ちゃんからの、伝言《でんごん》あるよ！》
「？　アスカから？　あ、そういやアイツ……あの魔女なら、いい案持ってそうだな。頭だけはいいんだから。俺の夢でも、そういう役割を担《にな》ってくれていい——」
《「オメガは全次元を等《ひと》しく喰《く》らう存在らしいけど。そう考えると、それは、夢だろうと、現実だろうと、等しく食べるってことなんじゃないかな。つまり、ここで負けると、この世界こそケンの夢でしかないが、次は現実の世界がオメガに……。なぁんてことが、あったりするかもしれないな。じゃ！」らしいよ？》
「その情報要《い》らねぇよ！　毎度毎度、なんなんだよアイツは！　俺の精神を追い詰《つ》めることに命かけてるとしか思えないんだがっ！」
《アスカお姉ちゃん、それが生き甲斐《がい》みたいなとこあるから……》
「なにその迷惑極《めいわくきわ》まりない生き甲斐！　そして、めっちゃ不安になってきたんだけど！これ、夢なんだよな⁉　ただの夢なんだよな⁉　俺は死んでも大丈夫だし、オメガは放置しても、現実になんら影響《えいきょう》はないんだよな⁉」

《さ、さぁ……アップルに訊《き》かれても……。と、とにかく、おにぃちゃん、ふぁいとっ》

「そんな、部活の練習試合を応援するぐらいのテンションで言われても……下手《へた》すると、本当に世界の命運がかかってきたんですが」

《あ、そろそろ切るね。お母《かあ》さんが、「ごはんよー」って言ってる！》

「そっちは平和そうだなぁ、おい！」

《おにぃちゃんも、早くおいで？　冷《さ》めちゃうよ？》

「そんな、セーブポイント無くてゲームをやめられない兄を誘《さそ》うように……」

《じゃあね。おにぃちゃん……『蠟燭《ろうそく》は身を減《へ》らして人を照《て》らす』だよ！》

「犠牲《ぎせい》になれと⁉　自分を犠牲にして世界を救えと⁉　そういうことか、義妹よ！」

《…………》

「あ、切れてる。……相変わらず、ぐいぐい人の心を踏《ふ》み荒《あ》らしていく義妹と幼馴染《おさななじみ》みだぜ……」

「さっきから一人で何をぶつぶつ言ってんのよ？」

カイチョーが、首だけくいっとこちらに向けて訊《たず》ねてきた。俺は、「いや……」と首を振ると、表情を引き締《し》めた。

「じゃ、やりますか」

「え、ええ。……どうしたのよ、スギサキ。なんか、さっきと雰囲気《ふんいき》違うけど……」

「まあ……なんというか、一度は守れなかったものを、夢の中とはいえ守れる可能性があるってのは……悪くないかなと思いまして」

「…………」

「……カイチョー？」

なんか、カイチョーが微妙《びみょう》に不機嫌《ふきげん》そうだった。なんだなんだ。よく分からないけど……まあ、今はそんなこと詮索《せんさく》している場合でもないか。

「やるっつっても、どうすんだよ」

サマーが訊いてくる。俺は、アップルと会話している最中に思いついたことを言ってみることにした。

「オメガ、なんでも喰《く》うみたいじゃん？」

「ん、ああ。実際、ガバガバ喰ってんな……」

サマーの視線の先には、この世界のものをどんどん吸《す》い込んでいる闇《やみ》の口。

俺もそれを見やりながら、言う。

「じゃあ、自分で自分を喰わせよう」

『は？』

全員が呆気《あっけ》にとられている中、俺は一人、ふっと格好《かっこう》つけながら呟《つぶや》く。

「どうだ、この、ウロボロス的発想！」

「ど、どうだと言われましても……」

ウィンターちゃんが困《こま》った顔をしている。他のメンバーも完全に呆《あき》れた表情をする中
……唐突《とうとつ》に、俺達の脇《わき》を黒いエネルギー球体がかすめていく！

『!?』

カイチョーは咄嗟《とっさ》の回避《かいひ》行動に移り、それ以外の全員が一斉《いっせい》に振り返る。……そこには、オメガから排出《はいしゅつ》された人型の影が、大量に空中に浮《う》いている光景があった。それらが手を掲《かか》げると同時に、その先から、黒いエネルギー体が砲弾《ほうだん》のように排出される！

「カイチョー！」

「わかってるよっ！」

カイチョーが翼《つばさ》を大きくはためかせて大量の弾《たま》をかいくぐる。ちなみに俺達は一応、モミジさんの魔法の力で会長の背に楽に立っていられるので、実質、頑張《がんば》っているのはカイチョーだけだ。

「これ、なんなの!?」

「さあ……食べる存在なんで、言うなれば分解酵素《ぶんかいこうそ》的なもんなんじゃないですか？」

「わひゃあっ!?　ちょ、ちょっと！　かわすのにも限界があるよ！　どうにかしてよ！」

「どうにかって言われても……」

「う、ウィンター、やってみます！」

そう言って、ウィンターちゃんが立ち上がる。そうして、カイチョーに迫《せま》り来る球体に対し、魔法を放《はな》つ！

「エター○ルフォースブリザード！」

「やっぱりかっ！　やっぱりその魔法名かっ！」

貴女《あなた》が氷雪系《ひょうせつけい》魔法が得意だと言ったその日から、ずっとそれを使うんじゃないかと思ってまいりました。

「す、すげぇ……球体が根こそぎ凍《こお》ってくぜ……。なんて魔法だ……」

サマーがやたら評価なさっている。……う、うん、いいんだけどね。

ウィンターちゃんが自慢気《じまんげ》に胸を張っていた。

「この魔法は、対象の周囲の空気を一瞬《いっしゅん》で凍結《とうけつ》させます。生物相手だと、相手は——」

「いいよ、その解説！　っていうか、これが俺の夢であることを考えると、むしろ俺も恥《は》ずかしくなってくるんだがっ！」

「あ、先輩《せんぱい》は高二ですからね。今は高二病ですもんね。でも、こういうものは、恥ずかしがったら負けなのですよ？　誇《ほこ》りを持ってやるべきなのです。ウィンターは、そういう意味では、大二病なのです」

「もう、なんでもいいよ……」

と、とにかく。ネーミングはどうであれ、効果は抜群《ばつぐん》だ。おかげで球体のいくつかは退《しりぞ》けられた。しかし、相手は無尽蔵《むじんぞう》。第二、第三弾《だん》の攻撃がどんどんとやってくる！

「ちっ！　妹にここまでやられて……姉のあたしが黙《だま》ってられっか！」

サマーはそう叫ぶと、プリティドレスの裾《すそ》をビリビリと引き裂《さ》く！

「っしゃ、これで動きやすくなったぜ！」

「サマー……お前……」

「いくぜぇ――――！　うおおおおおおおおおおお！」

唸《うな》り声と共に、サマーは目前まで迫《せま》った球体を、拳《こぶし》ではじき飛ばす！

「喰らえ！　聖光断魔真殺拳《せいこうだんましんさつけん》！」

「姉妹揃《そろ》ってなんなの、その痛々しさ！」

「でりゃ、でりゃ、でりゃあああああ！」

「しかも実際はただ拳で球体はじき飛ばしているだけ！　凄《すご》いけど、技《わざ》じゃねえ！　ただの力任《まか》せじゃねえかよ！」

「なんて子なの……サマー。彼女の力は、既《すで》に、二十億《おく》サマーを超《こ》えているわ！」

「なんかモミジさんが凄い評価してらっしゃる！　なにその解説！　その二十億サマーという数字はどういう基準《きじゅん》から弾《はじ》きだされてんの⁉」

ま、まあ問題は凄くあるが、なんか頼《たよ》りになる仲間達だった。全《まった》く負ける気がしない。

……うん。まあ、人生には負ける気がしてきたけど。

そして更《さら》に、姉妹でも撃《う》ち漏《も》らした球体に対し……モミジさんが、杖《つえ》を構《かま》える。

ごくり。こいつぁ……また、凄い中二病的必殺技《ひっさつわざ》が拝《おが》めそうだ——


「…………」

《ちゅどーん！》
杖の先から黒いビームが発射され、一瞬で、次々と球体をなぎ払《はら》っていく！

「…………（ニヤリ）」

《ちゅどちゅど、ちゅど――――――――――――ん！》

もの凄い威力《いりょく》だ！　最早《もはや》、ウィンターちゃんやサマーの比《ひ》ではない！　何十、何百という球体、いや、それどころか人型の影まで、次々と撃ち落として――

「…………（ニヤニヤ）」

「いやいやいやいや！　愉悦《ゆえつ》に浸《ひた》るだけじゃなくて、なんか言いましょうよ！　無言で笑いながら、もの凄い魔法使うの、やめましょうよ！」

まるで凄さが伝わり辛《づら》かった！

モミジさんは、無表情で淡々《たんたん》と戦っていらっしゃる。

「キー君、技名や魔法名《まほう》叫《さけ》ばれるのがキライみたいだったから……」

「そ、そうですけどっ！　いや、これは、でも、なんか言うべきでしょう！　この威力の魔法使っておいてそこまでテンション低いの、逆に変でしょう！」

「難《むずか》しい子ね……結局どうしてほしいのよ。中二病はバカにするくせに」

「うっ」

た、確かに。モミジさんの状況を見てしまうと、技名や魔法名を叫ぶのにも、ちゃんと意味があったのかもしれないと思ってしまう。

「……ごめんなさい。やっぱり魔法名、言って撃って下さい。それが、むしろ自然です」

「仕方ない子ねぇ。……じゃあ……」

モミジさんは再び杖を構え、極太《ごくぶと》の黒いビーム光線で次々と敵をなぎ払いながら、宣言《せんげん》する！

「ホ◯ミ」

「絶対違うでしょう！　そのネーミングだけは、絶対違うでしょう！」

「え？」

「いやいやいやいやいや！　癒《いや》しの要素、一切《いっさい》無いですから、それ！　他の呪文名《じゅもん》にして下さいよ！　あと、既存《きそん》の呪文名、駄目《だめ》！」

「仕方ないわねぇ……じゃあ」

モミジさんは再び、杖を構えて、ビームを照射《しょうしゃ》する！

「巨〇兵」

「確かにっ！　って、違ぁあああああああああああう！」

「焼き払ぇぇええええ！」

「やめてぇ！　それ言うなら、やっぱり無言でいいです！　完全に悪役《あくやく》です！」

「……腐《くさ》ってやがる」

「俺が⁉」

「それでキー君は結局、どうしてほしいのよ」

「……もう、なんでもいいです。ただ、悪役にだけはならないで下さい」

「そう？　じゃあ、作業を続けるわ」

　そう言うと、知弦さんはまた無言で、ビゴォンビゴォンともの凄い火力の魔法を発射し始めた。……なんかあの人だけ、世界観違うんだよなぁ。単体で、ガン〇ムと戦えそうな性能なんだよなぁ。

　そうこうしていると、会長が「ちょっとスギサキ！」と怒《いか》り気味で声をかけてきた。

「なんですか、会長」

「なんですか、じゃないわよ！　それで、これからどうすんのよ。なんか、自分で自分を

食べさせるとか言ってたけど……」

「ああ、そうでした。じゃあ……とりあえず、オメガの真上まで飛んでくれませんか？　そこまでの道は、超《ちょう》高性能な仲間達が開いてくれると思いますから」

「……分かったよ」

会長は渋々《しぶしぶ》といった様子で、翼《つばさ》をはためかせ、俺の指示《しじ》通りにオメガの上空へと向かう。途中襲《とちゅうおそ》ってきた人型の影や球体は、全《すべ》て、厨《ちゅう》性能を持つ三人の仲間が撃ち落としていってくれた。……ちなみに勇者俺、すること一切《いっさい》なしである。最終決戦でここまで空気な勇者が、かつていたであろうか。

「ついたわよ。けど……こんなとこ来て、どうするっていうのよ」

オメガ上空を旋回《せんかい》しながら、会長が疑問を口にする。俺は眼下にオメガを確認すると……覚悟《かくご》を決め、「皆《みんな》」と口を開いた。三人が、一通り周囲の敵《てき》を殲滅《せんめつ》した後、こちらを向く。

「皆。今から俺が、一人でオメガを倒《たお》す。だから、皆は、今まで通り、周囲の雑魚《ざこ》をなんとかしてほしい」

俺の言葉に、サマーが「はあ？」と返してくる。

「いや、お前。勇者として活躍《かつやく》したい気持ちはわかるが、そういうことはもっと成長してからだなぁ――」

「いいから。俺を信じろ、サマー」

「え？」

俺の真剣《しんけん》な眼差《まなざ》しに、サマーが口を閉ざす。他のメンバーも閉口《へいこう》してしまう中、俺は告《つ》げる。

「たとえこれが夢だとしても。俺の怪我《けが》やオメガの存在が、現実世界に影響《えいきょう》を及《およ》ぼすとしても。そんなこたぁ二の次三の次だ。俺には、やらなきゃいけない、理由がある」

「……なによ」

カイチョーが、俺達を背に乗せ飛行したまま、こちらを振り向きもせずに訊《たず》ねてくる。

俺は……ニコッと、笑顔を見せた。

「俺のハーレムは、誰《だれ》にも傷つけさせやしない！」

そう宣言したと同時に。皆の顔が少しだけ朱色《しゅいろ》に染《そ》まるのを見て……俺は満足し……そして……飛び降りた。

「ちょ――」

会長が驚《おどろ》き、俺を助けようとこちらに向かおうとするが、俺は、それを手で制する。そして……ぐっと、親指を立てて、笑顔を見せた。

『————!』

皆が必死で何かを叫《さけ》んでいるようだが、もう、俺には聞こえない。落下時の風の音と、そして、オメガの咀嚼音《そしゃくおん》が近づいてくる様子しか、分からない。

ムシャリ、ムシャリ。

皆の顔を脳裏《のうり》に焼き付け、そして、落下中に体勢を変え、オメガの方を向く。なんの効果も無い勇者の剣を構《かま》え、なんの力も無い勇者は、大した確信もなく、オメガへと突撃《とつげき》する。

近づいてくる、圧倒《あっとう》的な暗闇《くらやみ》。口。それでも俺は、怯《ひる》まない。怯んでなんか、いられない。

ただの夢? 俺の中の想像上の生徒会メンバー? 妄想《もうそう》の妹? 幼馴染《おさななじ》み? そんなの関係あるか! たとえ全てがリセットされる、ただの夢だとしても! 目の前に守りたいモノがあるなら、俺はいつどこでだって、大切なモノは守り抜いてやる! もう俺には、躊躇《ためら》っている暇《ひま》なんてないんだから!

俺が不甲斐《ふがい》ないせいで……俺が優柔不断《ゆうじゅうふだん》なせいで誰かが傷つくのは、もうごめんだ!

守れる時に、守る！　やれることは、全部やる！　それがたとえ、不道徳な行いだとしてもだ！　俺は俺の信じた様に、全力で進むだけだ！

「うおおおおおおおおおおおおおおおおおおおおおおおおおお！」


オメガの口へと、落下していく。気味の悪い咀嚼音の中へと……死の中へと、特攻《とっこう》する！

ここは、俺の夢だ！　俺の、世界だ！　だったら、この世界の存在かどうか分からないオメガ自体をどうにかは出来なくても……世界の方をいじることは、出来るはず！

今までは、俺の無意識の方が勝っていて、何も出来なかった。俺の意思《いし》じゃ、何も変えられなかった。

だけど……俺自身が命の危機にさらされたら、どうだ？　いくらマゾい俺の無意識だって、反応《はんのう》せずにはいられないハズ！　つまり！　俺が死ぬその瞬間《しゅんかん》ぐらい、俺の意思で世界を変えられるはず！　世界をねじ曲げ、オメガが食べる対象を、この世界からオメガに移すことぐらい、出来てもいいはず！

ハハハハハハハ！　俺の夢の中になんか来たのが運の尽《つ》きだったな、オメガさんよぉ！

ここが、お前の墓場《はかば》だぜぇ！

……。

いや、まぁ、全く根拠《こんきょ》無いんだけどね。

「うぁあああああああああああああああああああ！」

やっぱり怖《こわ》くなってきた！　やべぇ！　めっちゃ怖《こえ》ぇ！　死なないよな⁉　俺、現実世界でも死んでたりしないよな⁉

涙《なみだ》と鼻水《はなみず》を垂《た》らしながら、情《なさ》けなく、闇の中へと、落ちていく。

オメガの口が、俺を、捕《と》らえる。

ムシャリ。

俺は、存在を、喰われ――――――――

＊

「こら！」

「いてっ！」

頭に激しい痛みを感じて、俺は跳《は》ね起きた。目の前には、ちっちゃな胸《むね》をむんと張ったちびっこ生徒会長がいらっしゃる。

「あ、あれ？　会長……羽《はね》は？」

「はあ？　なにを寝《ね》ぼけてんのよ、杉崎。会議中に寝るなんて……前代未聞《みもん》だよ！」

「会議中？……あ。ああ……寝てたんですか、俺」

「そうよ。自覚ないの？」

「いや、寝てたという割には、なんか、べらぼうに体が疲《つか》れてててですね……」

なんだこれ。なんか、もの凄い冒険を繰《く》り広げたような疲労《ひろう》感があるぞ。

俺がぽやぽやしていると、今度は知弦さんがため息をつく。

「しっかりしてね、キー君。今日は仕事が山積《づ》みなんだから」

「そ、そうなんですか。……あの、でも俺、自分でも珍《めずら》しいと思うんですが、なんか今日のところはもう休ませて欲しいというか……」

「はあ？」

「い、いいえ、なんでもありません」

知弦さんにギロリと睨《にら》まれてしまった。そ、そうだよな……会議で寝た上に、休ませて欲しいとか、ないよな……うん。いや、でも、なんだろう、この納得《なっとく》いかない感じ。

知弦さんが、俺に今日の仕事に関すると思《おぼ》しき紙束《かみたば》を渡してくる。見れば、皆は既《すで》に自分の作業を開始済《ず》みだった。判子《はんこ》を押したり、サインしたり、メッセージを書いたりしている。むむむ。なんか、今日の空気は若干《じゃっかん》冷たいぞ……って。

「あ」

そうだ。おお、唐突《とうとつ》に思い出した。俺、さっきまでオメガと戦ってたじゃん！　そうだそうだ！　全部思い出したぞ！

隣《となり》で作業をしている深夏へと、話しかけてみる。

「な、なぁなぁ、深夏」

「ん？　なんだよ、鍵。うっさいなぁ。働けよ、お前も」

「い、いや、俺、勇者としてさっき世界を救ったんだ。凄いだろ。な？　な？　熱血漫画《ねっけつまんが》好きのお前なら、この凄さを分かって――」

「お前の夢の話なんて聞きたかねぇよ。それよりほら、手動かせって」

「ち、違うんだ、深夏。ただの夢じゃなくてさ。俺、本当に世界を――」

「ああ、うっせぇなあ！　実際本物のヒーローってのは、自分から功績《こうせき》を申告《しんこく》したりは、しねぇんだぞ！」

「う……。そ、それはそうなんだけどな。でもこの場合、俺が言わないと誰《だれ》も……」

「……鍵。お前にはガッカリだよ。ホント、色んな意味で」

「ええー！」

「ほらそこ！　仕事する！　まったく、杉崎は……」

「……くすん」

な、なんだこれは。そりゃ夢さ。俺の見てたのは、紛《まぎ》れもない夢さ！　で、でも！　なんかこの扱《あつか》い、凄く納得いかないのは何故《なぜ》だ！　あの頑張《がんば》り、ゼロかよ！　いやいいけどさ！　夢の中のハーレムメンバー守れたからいいんだけどさ！　でも、現実に帰った途端《とたん》この扱《あつか》いじゃ、あまりに……あまりに報《むく》われなさすぎると思うんだ！

俺は、真冬ちゃんにも話しかけてみることにした。

「真冬ちゃん、真冬ちゃん」

「？　なんですか？」

俺は、夢の中で知った、真冬ちゃんの大好きな呪文《じゅもん》名を叫《さけ》んでみる。

「エターナルフォー◯ブリザード！」

「…………。……はいはい。仕事して下さいね、先輩《せんぱい》」

「えええええ⁉　なんで⁉　なんで⁉」

「いや、なんでと訊《き》かれましても……。痛々しいですねとしか、言いようが……」

「えええええええ⁉　いや、だって、真冬ちゃんが言ったんじゃん！」

「はい？　いくら真冬でも、日常生活でそんなこと言いませんよ！　ぷんぷん！　先輩の偏見《へんけん》には、ガッカリですよ！　好感度《こうかんど》大幅減《おおはばげん》ですよ！　四巻の告白イベント、なかったことにしたいぐらいですよ！」

「えええええええええええええええええ⁉」

「ほら杉崎！　ちゃんと働きなさい！」

「キー君……流石《さすが》の私も、今日のキー君はどうかと思うわ。がっかりね」

「えええええええええええええええええ⁉」

なんかガシガシ俺の好感度が下がっていった！　なにこれ！　なんでそんな扱い⁉

俺は我慢《がまん》ならず、ガッと立ち上がり、全員に言い放《はな》ってやる！

「ちょっと皆！　俺、頑張ったんですよ⁉　夢の中とはいえ、本当に頑張ったんです！　あのオメガの設定がもし本当だったら、俺、救世主《きゅうせいしゅ》ですよ！　この世界救ったどころか、これからオメガの餌食《えじき》になったであろういくつもの世界を救った、もう、神の如《ごと》き存在なわけですよ！　そんな俺に対して、その扱いはいくらなんでも——」

そんな、俺の不満爆発《ばくはつ》に対して。

生徒会メンバー達からは……思わぬ返答が、返ってきた。

『オメガを倒したのは、私達だよ！』

「……ふぇ？」

あまりの意外な展開に、俺の気の抜《ぬ》けた声だけが、生徒会室に響《ひび》き渡っていた。

○生徒会の女性メンバー一同による補足及《ほそくおよ》び今回の現象《げんしょう》に関する考察
杉崎鍵の一人称《いちにんしょう》による描写《びょうしゃ》だけでは今回の件に関しての情報は不十分とみなし、我々《われわれ》はここに追加レポートを添付《てんぷ》しようと思う。我々とは、桜野くりむ、紅葉知弦、椎名深夏、椎名真冬という生徒会女性メンバー四名のことである。

まず我々は、会議前日の晩、とても不思議なことに全《まった》く共通した夢を見ていた。

それは、勇者スギサキと共に、オメガを討伐《とうばつ》しにいくという、本気でどうでもいい夢である。

そしてその冒険活劇《ぼうけんかつげき》の、最終局面にて。

勇者スギサキは、オメガに単身突《つ》っ込《こ》み……我々……いや、健気《けなげ》な少女達が感動の涙《なみだ》で見送る中……。

彼は、普通に喰《く》われた。……オメガには、特に何も起こらなかった。

そして。ぽつんと残された少女達の頭の中に響き渡った、システムメッセージ。

《杉崎鍵さんは、ログアウトされました》

『はぁあああああああああああああああああああああああ!?』

というわけで。

その後、か弱き少女達は終始《しゅうし》全く役に立たなかった勇者に代《か》わり、必死でオメガと交戦。弱点を探《さが》し、世界中の人々の協力を得て、皆と力を一つにして、遂《つい》にオメガを討《う》ち果たしたのである。言ってしまえば、本当の冒険、苦労はあそこからだったのである。

さて、そんな超大作《ちょうたいさく》の夢から覚《さ》めた我々は、疲労《ひろう》にうちひしがれる体を必死に動かして登校。いつも通り授業を受け、放課後に生徒会室にて合流。

そうして、まさに杉崎鍵が眠《ねむ》っているその傍《かたわ》らでの雑談にて、皆が同じ夢を見ていたことを確認。恐《おそ》らくこの際我々が喋《しゃべ》っていた内容が、睡眠《すいみん》中の杉崎鍵の耳から入り、彼の夢へと影響《えいきょう》したものと思われる。

なんにせよ、この一件の結論を、我々女性メンバー四人は、こう括《くく》って締《し》める。

『杉崎鍵は、現実でも夢でもどこであろうと、本当にどうしようもない男である』

と。

よって、読者諸兄《しょけい》におかれましては、一巻から五巻までに我々と杉崎鍵氏の間に育《はぐく》まれたように見えた絆《きずな》は、今回の件でほぼリセットされたものとして考えて頂《いただ》けると、これ、幸《さいわ》いと存じます。

以上、女性メンバー一同からの補足《ほそく》でした。

【えくすとら〜切り取る生徒会〜】

今回は会長の名言《めいげん》から始まるいつもの会議をお休みして、今までは特に小説にしてこなかった日常風景の記録を、ぎゅっと詰《つ》め込《こ》んでみることにする。

今流行のエコ精神というヤツだ。一つ一つだととても小説にはならないが、一纏《ひとまと》めにすれば短編一本分ぐらいにはなりそうだったからな。け、決して手抜《てぬ》きではないんだ！

というわけで、しばしどうでもいい俺《おれ》達の「日常のごく一コマだけ切り取ったもの」にお付き合い頂《いただ》ければ、幸《さいわ》いである。

○ちづるのえほん

むかしむかし、あるところに、おじいさんとおばあさんがおりました。

おじいさんは、山へ芝刈《しばか》りに。

おばあさんは、火星のテラフォーミングへと赴《おもむ》く毎日です。

二人は幸福《こうふく》に暮《く》らしてましたが、ただ一つ、子供が出来ないことだけが、悩《なや》みでした。

そんなある日のこと。いつものように転送ポッドで火星に赴いたおばあさんが目にしたのは、巨大な桃《もも》でした。

「あらあら、不思議。早速《さっそく》ゲノム解析《かいせき》に回さないと」

よくあることなので、おばあさんは驚《おどろ》きませんでした。

とりあえず二つに割《わ》って中の様子を見てみようと、おばあさんは携帯《けいたい》ビームサー〇ルを取り出します。

「きぇえええええええええええええええええええええ！」

武器《ぶき》を持つと性格が変わるおばあさんは、奇声《きせい》をあげて桃を切り裂《さ》きました。すると、なんということでしょう。中から出てきたのは……。

《キシャァァアアアアアアアアアアアアアアアアア！》

桃に寄生する新種の宇宙生物、P3412HDだったのです！

「おんどりゃあ！　こんなところで死に晒《さら》してたまるかぁあああああああああああ！」

おばあさんはビー○サーベルを振《ふ》り回し、必死に応戦します！

しかし健闘虚《けんとうむな》しく、P3412HDの圧倒《あっとう》的戦闘《せんとう》力の前に、ついには……。

「くふ……」

《キシャシャシャシャ！》

おばあさんの心臓を貫《つらぬ》く、鋭《するど》く長い爪《つめ》の一撃《いちげき》！　おばあさんはガクリと倒《たお》れ、P3412HDはテラフォーミング中央管理基地《きち》の方へと去っていってしまいました。

死に瀕《ひん》したおばあさんは、地球の方へと手を伸《の》ばし、呟《つぶや》きます。

「じいさんや……すま……なんだ……のう」

それが、おばあさんの最期《さいご》の言葉でした。


――紅葉知弦《あかばちづる》プレゼンツ　ピーチウォーズ第一章～進化の代償《だいしょう》～――

三百年後。人類の生活は銀河《ぎんが》系《けい》を離れ……

「いや、もういいです、知弦さん」

俺はまだこの絵本を俺に読み聞かせようとする知弦さんを制止した。

知弦さんは、不満そうにこちらを睨《にら》む。

「なによキー君。学園のボランティア活動で、近所の幼稚園《ようちえん》の子供達に読むために作ったオリジナル童話《どうわ》、ちゃんと最後まで聞いて感想をくれるって――」

「まあいいから、書き直して下さい」

「でもまだ残り四百ページも――」

「いいから、書き直して下さい」

「ちがうのよ。分かってないわね、キー君。こういう壮大《そうだい》な背景《はいけい》を持つ物語は、序盤《じょばん》は退屈《たいくつ》なものなのよ。スロースターターなのよ。十五巻から、格段に面白《おもしろ》くなるのよ」

「書き直しましょう」

「まあ待つのよ、キーくん。仕方ないわね、じゃあこの第三部『遺伝《いでん》戦争』あたりを――」

「書き直せ」

「……はい」

○ユキの「自分で作った黒歴史RPG《十異世界《とおい》》を実況《じっきょう》プレイ」パート1

皆《みな》さん初めましてです。ユキと申します。これから、以前自分で作ったRPGを実況プレイしていきたいと思います。最後までお付き合い頂《いただ》ければ幸《さいわ》いです。

さて、タイトル画面です。ここでは少々特殊《とくしゅ》なコマンドを入れないと、始まりません。

というわけで、早速《さっそく》昔メモしたコマンドを入力して……して……。あれ？　メモどこ行ったんでしょう？　あれ？　あれれ？

《ガサゴソガサゴソ》

あれー？　どこいったんですか、メモさーん！　わひゃっ！　うぅ、誰《だれ》ですか、こんなところにコミックスを積《つ》んだのは！　六十二巻まで真っ直《す》ぐ積むって、この部屋の主《あるじ》は何者なんでしょう！……まあ、まふ……ユキがまた無意識にやったんでしょうけど。べ、別に、部屋を片付けるのが苦手《にがて》なわけじゃないんです！　駄目《だめ》な人と一緒《いっしょ》にしないで下さい！　でも、この圧倒的物量《ぶつりょう》の前には、片付けるという行為《こうい》が意味をなさないのですよ……うぅ。知り合いのトランクルームも無料で貸《か》して貰《もら》ってるというのに……。

あ、そういえば、メモは十異世界のパッケージの中に一緒《いっしょ》に入れてたような……。って、あれ⁉ 十異世界のパッケージが無いです！ そういえば、このゲーム、さっきやろうとしたアクションゲームのパッケージから出てきて、懐《なつ》かしかったから始めたんだっけ……。？ あれ？ じゃあこの中身のアクションゲームの方は一体どこに……。

《パカッ》

あれれ？ こっちのパッケージにも別のゲームです！ こっちも！ こっちも！

う、うぅ……新しいゲームを始めると、ついつい、元のパッケージじゃなくて、新しい方のとソフトだけ入れ替《か》えちゃうのです……。

これは流石《さすが》に、お片付けです！ せめてゲーム周《まわ》りだけでもっ！

《二時間後》

ふ、ふぅ。実況再開です。見つけましたよ、メモ！……タイトル画面でこんなに時間のかかったゲーム、我《われ》ながら初めてです……。

さて……ぽちぽちっと。よし、ゲーム始まりましたよ！ しばしイベント画面をお楽しみ下さい。

《くりむちゃんが頭のおかしなこと言って冒険《ぼうけん》に出かけるくだり》
　というわけで、冒険開始です。まずは普通、ここからクゴジ村を目指《めざ》すのですが。実はここで、反対側のフィールドの、こっちに行くと……。
《謎《なぞ》の洞窟《どうくつ》が出現。入って行く主人公》
　なんと、隠《かく》しダンジョンがあるのです！　ふふふ、ユキ以外、誰も知らないのですよ。前に会長さん……えっと、この主人公のモデルになった人にやらせた時は、初心者さんだったので、あえて言いませんでしたけどね。こっちはいわば、上級者用なのです！　制作者のユキでさえ、予想のつかないランダム性に満ちたルートなのです！
　というか、もう内容殆《ほとん》ど忘れてます。ですが、ここはゲーマーとして行かなければいけません！　どんなゲームも、初《しょ》っぱなからハードモードをやるぐらいの気概《きがい》があってこそ、真のゲーマーなのです！　途中で心が折れるぐらいの方が、ゲームは楽し――
「まふゆー！　うるさいぞー！　もっと静かにしろー！」
　わひゃっ！　隣《となり》の部屋の姉に注意されてしまいました。……ゲームをしてると、実況プレイじゃなくても、ついついテンション上がって声が出てしまうユキです。

さて、どんどん行きますよー。こっちのルートですが、何がハードかというと……。

《バシュコッ！　くりむは倒《たお》れた》

……理《り》不尽《ふじん》な初見殺しの罠《わな》が大量にあるということなのです。正直《しょうじき》、無理ゲーなのです。ってというか、我ながら理不尽すぎます！　どうして、なんの警告《けいこく》もなく罠が発動するのですかっ！　いや、普通罠ってそういうものなんですけどね！　一切予兆《いっさいよちょう》のない罠に、どう対応しろと言うのですかっ！　ゲームの腕《うで》じゃなくて、リアルラックが必要ですかっ！

と、とにかく、セーブからやりなおしです。

《ドカーン！　くりむは倒れた》

………。

《ごっくん！　くりむは食べられた》

………。

《にょろにょろ！　くりむは謎の病気に感染《かんせん》した！》

………。

《キキー！　くりむは車に轢《ひ》かれて記憶喪失《きおくそうしつ》になった！》

《チュドーン！　核《かく》が落ちた》
《にゅわーん！　くりむは次元の狭間《はざま》に漂《ただよ》った。意外と気持ちよかった》
《ニャー！　くりむは猫《ねこ》と戯《たわむ》れた》
《ゴーン……ゴーン……。……本日、くりむ氏の告別式がしめやかに行われました》
《キュルルルルル！　データが読み込《こ》めません》
…………。
………というわけで、十異世界実況プレイパート1、これにて終了です。
続きは…………。
…………。
やらないかも、しれません。

○バランスブレイカー
おお、椎名《しいな》じゃないか！　いいとこに来たな！　いや、いまちょっとうちの野球部練習試合してんだけど、これが目もあてられない内容でな。このままだとコールドで負ける勢《いきお》いなんだわ。練習試合とはいえ、これじゃあんまりなんで、今誰か助っ人《すけっと》を探《さが》してたんだけど……丁度《ちょうど》良い！　お前、ちょっと手ぇ貸《か》してくれよ！

え？　男子の試合入っていいのかって？　そこだよ！　普通に助っ人連れてきたらあっちも文句《もんく》言うだろうけど、椎名は一応女子だからな！　あ、い、いや、ごめん「一応」は取り消すから、お、怒《おこ》んなよ。

相手も女の子相手なら、参加に文句言わないだろうよ。だから、な？　お前もたまには男子に混《ま》じって運動したいだろ？　ん？　そうかそうか、やってくれるか！　じゃ、早速《さっそく》行こうぜ！

＊

ちょっとタイム！

……おいおい椎名。ピッチャーやってくれるのは、いいんだけどな。うん。いや、ああ、あっさり2アウトとってくれてることには、感謝《かんしゃ》するんだけど。その……もうちょっと、配慮《はいりょ》してくれないかな。

い、いや、剛速球《ごうそっきゅう》はいいんだけどな。ほら、あっちの監督《かんとく》なんか、開《あ》いた口が塞《ふさ》がらなくなってるし、相手の部員達、顔色すんごいことになってるから。

今バッターボックス立ってるヤツ見てみろ。もう、膝《ひざ》ガクガクじゃねえか。もうあれ、銃《じゅう》向けられたヤツの顔だから。普通野球で出ないぜ、あの恐怖感《きょうふ》。

それに……さっきからうちのキャッチャー、泣いてねぇか？　マスクに隠《かく》れてるけど、あれ、絶対泣いてるよな？　手、すんごい痛そうだよな？　絶対痛いよな、あれ。

そういうわけで、もうちょっとだけ速度落としてくれると、ありがたいんだが……。

そうか！　分かってくれたか！　そ、そんな不満そうな顔すんなよ！　ほら、バッティングは思いっきりやっていいからさ！

＊

ちょぉーっと帰ってこい、椎名。ああ、いいからいいから。ベース回らなくていいから。

うん、初球でホームラン打ってくれたことは、ありがたいんだ。うん、すごくありがたい。点数的には、凄《すご》く、ありがたいさ。

ただ
さ。今、ベース回ってる場合じゃないよな。うん、なんでって……。

今、上空飛んでたヘリが、黒煙《こくえん》あげてゆっくり落ちてったの見てたよね？

ボール飛んでった方向にあったヘリが、今、ぎゅるんぎゅるん回りながら不時着《ふじちゃく》してったよね？

いや、見てないフリしても駄目《だめ》だから。あれもう、練習試合とかやってる場合じゃないから。笑顔でベース回ってる場合じゃないから。お前、得点王じゃなくて撃墜《げきつい》王だから。とにかく。一旦《いったん》救助に向かおうな。うん。試合は、また、それからな。

＊

タイム！ ちょっと帰ってこーい、椎名。うん、そう、お前。お前だよ。お前以外、誰がいんだよ。いいから戻《もど》ってこい！ 走れ！ ダラダラすんな！

なあ、椎名よ。お前の今の守備《しゅび》位置、言ってみろ。……うん、そうだな。ファーストだな。そうだよな。ピッチャーはやらせられないから、ファーストにしたよな。うん、それはいい。分かってるなら、いい。

しかし……だったらなんで、レフト方向に飛んだホームランコースの球、捕《と》るんだろ。おかしいよね。今の動き、おかしいよね。ありえない速度で走って、ありえないジャンプ力見せつけて、ありえないキャッチしたよね。

あんなんやられたら、他の守備、いらないよね。というか、ファーストじゃないよね、既《すで》に。「オール」みたいな役割だよね、それ。

見ろ、あっちのベンチ。かつて俺は、野球であそこまで絶望《ぜつぼう》に染《そ》まった表情を見たことがあったろうか。ホームランをキャッチされるんじゃ、もう、どうしようもねぇよ。打つ気、なくなるよ。

不満そうな顔しても駄目だって。もういいから。お前、帰れ。ごめん。呼《よ》んだ俺が悪かったよ。

え？　力抑《おさ》えるから、最後まで参加させてくれ？　しょうがない……まあ、あと一回だし……。

＊

うん、勝ったな。勝って嬉《うれ》しいな、うん。いい笑顔だな、椎名。

ただ、ちょっと空気読もうな。今喜んでるの、お前だけだよな。うん、不思議そうな顔すんな。結構《けっこう》腹立つから。

なあ椎名。……野球って、なんなんだろうな。

俺達が毎日汗《あせ》を流して練習してきたスポーツって、こんなんだったっけかな。

いやまあ、聞け。とにかく聞け、椎名。

野球って普通、試合終わったあと、グラウンドに大穴空《おおあなあ》いては、いないよな。

部員達が泣きながらトンボかけてるけど、もう皆分かってるんだよ。あれはもう、トンボとかでどうにかなるものじゃないって。

うん……何が言いたいか、分かるよな？　な？　うん、分かってくれて、俺は嬉しい。

とりあえず生徒会帰って、グラウンドの修復に関して早急に話し合ってこような。

○くりむのうた

「しゃーぼんだーまー、とーんだー。やーねーまーで、とーんーだ」

ある日、生徒会室に向かうと、会長が一人で暇《ひま》そうに鼻歌《はなうた》を歌っていた。面白《おもしろ》そうな空気を感じ、俺はしばし戸を開かず、様子を見守ることにした。

「やーねーまーで、とーんーで」

（童謡《どうよう》なんて、やっぱりカワイイなぁ、会長は）


「のーまーれーて、きーえーた」


（飲まれた!?　まるごと!?　何に!?　何に飲まれたの!?　屋根の上に何かいたの!?）

会長はしかし、何も気にした様子が無い。……あれ、もしかして、本気で間違《まちが》ってるのか？　本人、無自覚なのか？

会長は飽《あ》きっぽいせいか、最後まで歌わず次の曲へととりかかる。

「はーるがきーたー、はーるがきーたー、どーこーにー、きたー」

（春が来た、ね。確かについつい口ずさむことあるけど……）

「やーまにきーた、さーとにきーた」

（ああ、平和な田園《でんえん》風景が、心の中に広がる。いい歌だし、いい声だなぁ）

「おーにーも、きたー」

（鬼《おに》来たぁあああああああ!? 春と共に、鬼までやってきたよ！ 一瞬《いっしゅん》で平和な風景が吹《ふ》き飛ばされたよ！）

なんだ、あの人は。本気で間違ってるのか？ 実際、わざとやってるフシはないし、自分一人だけなんだから、ボケる理由も無いし……。天然《てんねん》なのか……。

しかし勝手に覗《のぞ》いている身、ツッコムことも出来ない。会長はやっぱり本気で間違っているのか、全然気にした様子がない。

「むーすーんーで、ひーらーいーて、てーをーうって、むーすんで」

お、無意識になのか、実際に手をぐっぱぐっぱしてるよ！ 可愛《かわい》い！ 会長、可愛すぎる！

「まーたひらいて、てーをーうって、そーのてーを、うーえーに」

あ、ちょっと手を上にやってる！ やっべ、一人の時の会長、本格的に可愛《かわ》ぇぇ！

「むーすーんで、ひーらーいーて」

ぐっぱ、ぐっぱ。

「てーをーうって、早急に」

（早急に!?）

ここに来て、誰かに何かを指示《しじ》するような内容の歌詞《かし》だった！　陰謀《いんぼう》を感じる！　この童謡には、なにかもの凄《すご》い陰謀を感じますぜ！

しかしこりゃあ、なかなか目を離《はな》せなくなってきた。なんだ。エロスじゃないのに、覗きでここまで興奮《こうふん》してきたの、俺初めてだよ。一人きりの会長、面白すぎる。

「……暇《ひま》だなぁ。皆、早く来ないかなぁ」

しょぼーんとしてる。く……出てってあげたいが、ここは我慢《がまん》だ！　折角《せっかく》の貴重《きちょう》な生態《せいたい》観察の機会、逃《のが》してなるものか！

会長は再び、暇つぶしのためか、鼻歌を口ずさみ始める。

「あかいくつー、はーいてたー、おーんーなーのーこー」

赤い靴《くつ》か。なんか悲しい曲だよな。生徒会室に一人で寂《さび》しいから、このチョイスなのかな。ちょっと心が痛む。

まあそれはそれとして。これは、よくある「異人《いじん》さん」を「ひいじいさん」に間違えるという古典的ミスをやるんじゃ……。

「いーじんさんにー、つーれられーて」

お、珍《めずら》しい！　間違ってない！　これは、遂《つい》にちゃんと最後まで行くか――

「やーって、きーたー」

(迎《むか》える側の視点だった⁉)

まさかのサイドストーリーだった。一方その頃《ころ》だった。っていうか、どうしてそう間違えるに至《いた》ったのかが分からない！　あの人、この歌をどういう気持ちで歌ってるのだろうか。

二番三番を歌う気は相変わらずないらしく、会長はまた歌を変える。

「ぽっぽっぽ。はとぽっぽ。まーめがほしいか、そらやるぞー」

なんか会長らしい曲だな。こう、ちょっとした上から視点な感じが。

「みんなでなかよく」

ああ、昼下がりの公園の平和な風景が、頭に浮《う》かんで来る――

「けんかしな」

（バト○ロワイアルだぁ――――――――――――――――――――！）

なんか「トムとジ○リー」がまざっていた。ああ……それにしても、頭の中に、ハトがエサをとりあって争《あらそ》う醜《みにく》い光景が……うぅ。

これ以上は俺の体力的にも無理だ。いい加減《かげん》、会長に声をかけよう。

俺は「また覗こう。エロス目的じゃないけど」と心に誓《ちか》い、いつも通り、生徒会室へと入っていった。

○ぐちるさとり

賢明《けんめい》な読者の諸君《しょくん》なら、既《すで》に気付かれていることと思うが。

実は私、国語教師兼《けん》生徒会顧問《こもん》の真儀瑠紗鳥《まぎるさとり》は、この巻、ここまで一切《いっさい》登場がない。一切だ。名前さえ、出てきてないのだ。

杉崎に詰《つ》め寄ったところ、なんと、あろうことか「あんまり存在感ないし」「これ、あくまで『生徒会』の話だし」とか答えてきやがった。

……もう限界だ。

今日という今日は、完全に爆発した！　ああ、ブチ切れてしまったさ、私は！

もうキャラとか保《たも》ってられるか！　今回はとことん文句《もんく》を言わせてもらう！

まず、このシリーズ、私の扱《あつか》いがぞんざいすぎる！

あれか！　他の物語に関連してた人間は、必要以上に目立っちゃいけないかっ！　クロスオーバーキャラ差別かっ！　主人公と恋愛《れんあい》感情発生しないキャラは、この物語には必要ないかっ！　そういうことなのかっ！

大体、私は昔からこうだ。色んな異常事態《いじょうじたい》にちょろちょろ関《かか》わってはいるのだが、大事なところで、いつも核心《かくしん》にいなかったりする。人生経験は豊富《ほうふ》だが、それが故《ゆえ》に、逆に『永遠のサブキャラ』みたいな地位を確立しつつある！

非常に納得《なっとく》いかない！　読者諸兄《しょけい》もそうだと思うが、自分の人生の主人公は、やっぱり自分なのだ！　それなのに、なんだ！　この、私にスポットのあたることの少なさ！

この不幸さ、お前等《ら》に分かるか⁉

例《たと》えばだ、そこの読者。お前のクラスの目立たない男子を、自分以外で一人、想像しろ。

想像したか？　そう、そいつだ。その、なよなよっとした草食系男子《そうしょくけいだんし》だ。

そいつにだ。急に幼馴染《おさななじ》みの美少女が現れたり、謎《なぞ》の美少女転校生につきまとわれたり、隠《かく》された力が発動したり、世界の命運をかけた戦いに巻き込まれたりといったイベントが発生したら、お前、どう思う。

うん、本人はいいだろう。紛《まぎ》れもない、物語の中核《ちゅうかく》、主人公だ。そりゃ大変なことも多いとは思うが、充実《じゅうじつ》した人生だろう。

だが、この場合の読者。お前は、なんだ。リアルに想像してみろ。非常に、非常にいたたまれない気持ちにならないか？　完全に蚊帳《かや》の外だ。サブキャラ街道《かいどう》まっしぐらだ。主人公の活躍《かつやく》とモテモテライフを、一方的に見せつけられるだけなわけだ。この本を読むぐらいライトノベル好きのお前に対し、その仕打ちなわけだ。

どうだ。辛《つら》いだろう。納得《なっとく》いかないだろう。な。


それを私は、今まで約三回ほど経験してると見てくれていい。


そりゃ、人生経験は豊富になる。世界の危機とか色々見てきたからな。ある種、悟《さと》るさ。

だがなんだ、胸に燻《くすぶ》るこの気持ち！

物語の中心に入れろよ！　入れてくれないなら、もう、自分から入ってってやるよ！

そういう気持ちで、生徒会シリーズの企業編《きぎょうへん》なんかでは結構《けっこう》ぐいぐい行ってみたが……結果は、ご覧《らん》の通りだ。見よ、この、六巻になった途端《とたん》の存在感の無さ！　自分から主張しないと、私に出番《でばん》はくれませんかっ！　そうですかっ！

いや、薄々《うすうす》感づいてはいたんだ。シリーズのタイトルが「生徒会の○○」という形式になってる時点で、こう、ちょっとした疎外《そがい》感は常《つね》に感じていたんだ。

っていうか、このタイトルも考え物だ。偉大《いだい》なライトノベルたるフルメタに倣《なら》ったのかは知らんが、三振《さんしん》あたりから、どう考えても苦しいだろう。正直《しょうじき》あの巻、三振関係無いぞ。四散はまあいいとして、五彩《ごさい》ってなんだ。もう、ホント苦し紛《まぎ》れだろう。なにより、その「五彩」というのが、どうも私をカウントしてない感があるのも気になる！　あれ、生徒会の五人ってことだろう！　私が活躍してるのに！　それでも、私ノーカウントかっ！

極《きわ》めつけに六花《りっか》だ。結局六花って、なんだったんだ。誰《だれ》か説明しろ。……語呂《ごろ》だろ。語呂で決めただろう、これ！　分かってるんだぞ、私は！　国語教師だからな！

そうだ！　それを言い出したら、サブタイトルだって不満だ！

このシリーズの正式名称《めいしょう》は、「碧陽学園生徒会議事録《へきようがくえんせいとかいぎじろく》」らしいが。

正直それ、定着してるか？

長くて堅苦《かたくる》しいだけだろ、これ。必要だったのか？　本当にこれ、必要だったのか？　そして「碧陽学園生徒会議事録」なんて堅苦しいタイトルに見合う内容か、このシリーズ！　考えれば考えるほど、不必要なサブタイトルだ。今やもう、富士見書房自体、「生徒会の一存シリーズ」とか言っちゃってるしな！　もう、なんなんだこのサブタイの存在意義！　考えれば考えるほど不思議だわ！

それと、刊行《かんこう》時期だ！　今この原稿《げんこう》書いている六花あたりから、もうかなり現実とズレが発生するらしい。実際これが世に出る時期は、もう生徒会の三年メンバー卒業後だと言うのだ。それだけ手直しの期間があるとも言えるが……そんなんじゃネタの鮮度《せんど》が下がりまくるだろ！　まったく！

ふぅ……なんか書いてたら、どんどん不満が出てきた。この際だから、全部ぶちまけてしまおう。こんなにページ貰《もら》える機会、滅多《めった》にないんだし。

生徒会としては一巻書いている時から皆《みんな》思ってたらしいが……。

このシリーズ、いい加減《かげん》マンネリ気味じゃないか？

いや、これに関して生徒会を責《せ》める気はない。というか、そりゃそうだ。だって生徒会役員の雑談を記録しているだけだからな！　メンバーも変わらず！　どう工夫《くふう》したって、どうにもならんだろ！　そのテーマの時点で！

しかしそこで私だよ！　私という、スパイスなわけだよ！　偉《えら》い人には、なぜそれが分からん！

二巻の私の登場回とか読み直してみろ！　結構空気違うぞ、他と！　あれはあれで新鮮《しんせん》だったろう！　謎《なぞ》の美人教師！　これほど良い素材《そざい》を、なぜもっと使わん！

というわけで、これから私は、第二部の主人公を私にしようという提案を、生徒会に持って行こうと思う。

これは斬新《ざんしん》だ。今まで目立たなかった私が、外角《がいかく》から抉《えぐ》り込《こ》むように、中心にバスコンッ！　と入ってくるわけだ。読者もびっくり。このラノ上位入り確実といったところだろう。むしろ、「このライトノベルがシャレになんないぐらいすごい」という最高の称号《しょうごう》を貰ってもいい内容となるだろう、私主人公編。

　というわけで、七巻からの新展開……いや、神展開に、こうご期待！

○生温《なまぬる》い視線

「よっしゃ、休み時間だー！　深夏《みなつ》ー、かまってかまって」

「じゃれつくなっ！　鬱陶《うっとう》しい！　っつうかなんでいっつもお前はあたしの隣《となり》の席なんだよ！」

「ライトノベルだからじゃね？」

「なにその説明！　お前相変わらず現実と創作《そうさく》がごっちゃになってんな！」

「まあ、なんにせよ、幸《しあわ》せだからいいじゃないか」

「肩《かた》抱《だ》くなっ！」

「ははは、照れちゃって、こいつぅ」

「……抉り込むように打つべし、打つべし」

「ぶへらっ、ぶへら！……って、淡々《たんたん》といきなりジャブかよ！　それツッコミの域《いき》超《こ》えてるから！」

「幸せだからいいだろ、別に」

「なんか色々すいませんでした」

「分かればいいんだ。さて、あたしはトイレでも行ってくっかな……暇《ひま》だし」

「お、付き合うぜ」

「おお、悪いな……って、いやいやいやいやいや」

「遠慮《えんりょ》すんなよ、深夏！　ツレションは友情の証《あかし》だぜ！」

「左手は添《そ》えるだけ」

「ぐはっ！　って、それ殴《なぐ》る時の作法《さほう》じゃないから！　今の右ストレートの威力《いりょく》に、添えた左手関係無いから！」

「いいやもう……変態《へんたい》がついてきてもイヤだし、トイレはやめとこう。みだしなみ整えたかっただけだし」

「俺が整えてやろうか」

「鍵《けん》が？……なんかお前に触《さわ》られるのは凄《すご》くイヤだから、断《ことわ》る」

「蠟人形《ろうにんぎょう》にしてやろうか」

「もっと断るわ！」

「とにかく、騙《だま》されたと思って俺に身を委《ゆだ》ねてみろって。綺麗《きれい》にしてやるぜ」

「えー……。あたしも大ざっぱな性格だけど、お前のセンスってのもな……」

「まー！　失礼しちゃうわ！」

「なんで急にオネエキャラなんだよ」

「わたくし、これでも美少女フリークなのよ！　美の追究《ついきゅう》のエキスパートなわけ！　ビューティフルプロデューサー・スギサキとはわたくしのことよ！」

「うっわ、ふわっとした肩書《かたが》き！」

「というわけで、ファッションチェックいくわよ！」

「……はぁ。まぁ、それぐらいなら付き合うか。えーと、お手柔《てやわ》らかにお願いします」

「うん……うん。そう……そういう着こなしなわけね」

「なんだよ……ジロジロ見んなよ……。ただの制服だし、そんなに評価する箇所《かしょ》ねぇだろ――」

「100点ね！」

「満点かよ！」

「美しいわ！　可愛《かわい》いわ！　抱《だ》きたいわ！　深夏、萌《も》えー！　深夏、大好き！　元々大好き！　今日はもっと好き！　というわけで100点よ！」

「いやファッションが評価基準《きじゅん》に入ってねーんだがっ！　完全なる感情論だったんだが！」

「人間、中身が重要なの。装飾《そうしょく》なんて、字の通り飾《かざ》りなのよ！」

「そんな思想のヤツが、ビューティフルプロデューサー名乗るなよ！」

「あえてアドバイスするなら……もうちょっとこう、露出《ろしゅつ》を多くしてくれると、嬉《うれ》しいわね。わたくしが」

「お前の性癖《せいへき》でアドバイスされてもな……。それに、制服だぞ、これ。どうしろってんだよ」

「スカート丈《たけ》を、膝《ひざ》上40センチぐらいまで上げれば……」

「完全に丸見えじゃねーかよ！　ワ○メちゃんみたいになってるから！」

「さて。どうだ、深夏。俺の美的センスに驚《おどろ》いたか？」

「ああ……まあ、驚いたよ、ある意味」

「そういや深夏、髪解《かみほど》かないのか？」

「ん？　ああ……家では解いてるけどな。なんつーか気分の問題だ。まとめてる方が、『学校モード』って感じすんだよ」

「うーん、勿体《もったい》ないなぁ。解いたのも可愛いのに。そして、昨夜《ゆうべ》の乱れたお前も可愛かったのに」

「おいこら、なにサラッと付《た》け足してんだ。妄想《もうそう》発言で、周囲にカップルアピールしようとすんな！」

「照れんな照れんな。今日の朝、真冬ちゃんにも言われただろ？」

「はあ？　なんて」

「『ゆうべはおたのしみでしたね』って」

「言われるかっ！　つうか実際そういうことあっても、そんなこと言う妹はいやだ！」

「真冬ちゃんなら、あるいは……」

「く。否定できない。と、とにかく！　お前とあたしの間に、昨夜は何もなかっただろうがっ！」

「昨夜はな」

「意味深《いみしん》な言い方すんなっ！　あー、もう！　お前の頭の中はエロばっかりだな！」

「わたくし如《ごと》きに、勿体のうお言葉！」

「今ので勿体ないの!?　どんだけへりくだってんだよ！　褒《ほ》めてねーから！」

「お、チャイム。深夏と喋《しゃべ》ってると休み時間終わるのが早いな」

「……あたしは毎回、休めてねー気がするけどな」

「まあまあ、深夏よ。とにかく今日のところは、俺が常にお前を性の対象として意識しているということだけでも、覚《おぼ》えて帰って下さい」

「気分悪すぎるわ！　覚えねぇよ！」

「よおし、深夏からのラブエネルギーも満タン！　次の授業も頑張《がんば》るぞー！」

「いやいやいや、だから供給《きょうきゅう》してねえから、ラブエネルギー！」

「さってさて、次の授業の教科書はっと……あれ？」

「どうした、鍵。……ああ、忘れたのか、教科書」

「ばかめ。俺を侮《あなど》って貰《もら》っては困《こま》るな」

「忘れてないのか？」

「いや忘れたが」

「なんだ今の余計《よけい》なやりとり。小説にしたら行数の無駄遣《むだづか》い甚《はなは》だしいぞ」

「かー、しまった。今のうちに借《か》りてきちゃえばよかったなぁ」

「……しゃーねーな。ほら、鍵、机《つくえ》くっつけろ。見せてやるよ」

「え？　いいのか？　じゃあ早速脱《さっそくぬ》いで貰おうか」

「何見るつもりだよ！　教科書見せるだけだ！……ま、わざとじゃねーんだろ、今回は。お前はそういうとこ真面目《まじめ》だからな。どうせ自習でもしてて忘れたんだろ？」

「おー、大正解。さっすが深夏。ま、自習しても実際の授業で教科書忘れたんじゃ駄目《だめ》だよな。気ぃつけねぇと。……と、深夏、そういや今日出席番号的に当てられるよな？」

「やべ、忘れてた！　よりによって英語かよ……。あの先生急に長文訳《やく》させてくるから、事前に用意しとかなきゃ対応できねーんだよな……」

「ふっふっふ。そう思ってな、深夏。昨日自習ついでに俺が訳しておいてやったぜ、今日の授業範囲《はんい》！」

「おおー！　やるな、鍵！　サンキュサンキュ」

「ま、深夏のことだからどうせこういうの意識してないだろうと思ってな」

「わりーな。それにしても、気ぃきくじゃねえか」

「おう、常に避妊具《ひにんぐ》も携帯《けいたい》してる俺だからな！」

「うん、出来れば発言の方も気ぃきかしてくんないかなぁ！」

「深夏のためでもあるんだぞ！」

「うるせえよ！　お前、そろそろ本気で訴《うった》えるぞ——って、鍵。まつげにゴミついてる」

「ん？　どれどれ……」

「あ、動くな。目に入る。しゃーねーな、あたしがとるから、目かるく瞑《つぶ》っとけ」

「おぅ………。…………とれたか？」

「もうちょっと……む、しつこいな」

「いや、あん、ちょ、くすぐったい♪　もう、こんなところで……だ・い・た・ん♪」

「うん、黙《だま》ってないと、隻眼《せきがん》キャラになるぞ」

「……」

「……よし、とれたぞ。って、よく見たらネクタイも曲がってるじゃねーか。あー、もう、他人のファッションチェックより、まず自分をどうにかしろよ」

「す、すまん。深夏を見てるのが楽しくて、つい……」

「な、なに言ってんだよ！　ほら、うーごーくーな！」

「うー、首きつい、きつい。ギブギブ。緩《ゆる》めたい」

「なに言ってんだ。男はこれぐらいピシッとしてた方がいいんだよ」

「マジで？　俺、カッコイイ？」

「あー、カッコイイカッコイイ」

「惚《ほ》れた？」

「ああ、惚れた惚れた。ほら、先生来たぞ。シャキッとしろ」

「おう、元気百倍だぜ！　あ、深夏、これお前の当たるとこ訳したノート。ほい」

「ん、サンキュ。助かる」

「じゃ、次も気合い入れて授業受けますか」

「うぃー」

クラスメイト一同『お前らもう付き合っちゃえよ……』

【エピローグ～卒業式前日～】

「け、鍵《けん》が行方《ゆくえ》不明って、なんだよ！」

深夏《みなつ》が机《つくえ》を強く叩《たた》きながら立ち上がってきた。しかし、それにびくんと林檎《りんご》ちゃんが怯《おび》えてしまったのを見てとると、「わ、わりぃ」と謝罪《しゃざい》しながら、再び席に着く。

しかしそれでも、硬直《こうちょく》した空気は何一つ変わらなかった。

深夏が反応《はんのう》しなければ、アカちゃんや真冬《まふゆ》ちゃんが怒鳴《どな》ってしまっていただろう。それほど、場には緊張《きんちょう》が張り詰《つ》めていた。

アカちゃんが、動揺《どうよう》した様子で林檎ちゃんに訊《たず》ねる。

「す、杉崎《すぎさき》は今日、確かに無断欠席だけど……ゆゆっ、行方不明って」

「おにーちゃ――兄は、普段《ふだん》でさえ無断欠席なんて無責任なことしない人です。生徒会の仕事となれば、余計《よけい》にです。それは……会長さんも、ご存じだと思います」

「……そう、だけどっ。でも……。……い、家にはいないの？」

「はい。部屋に行ってみましたけど……いなかったです」

「で、でも、それだけで行方不明って……」

アカちゃんのその言葉に、真冬ちゃんも「そ、そうです！」と便乗《びんじょう》する。

「先輩《せんぱい》は確かに無責任な人じゃないですけど……ドジなところもありますから！　たまま、その、ちょっと遅《おく》れて、ケータイの充電《じゅうでん》も切れちゃってたりするだけじゃ……」

「……大事な生徒会の皆さんと過ごす、最後の残り少ない時間に……ですか？」

「それは……」

真冬ちゃんはそれっきり黙《だま》ってしまう。

確かに、その通りだ。皆……その事実からは目を逸《そ》らして、忙《いそが》しさに身を任《まか》せていたものの……それは……最後の時は、もう目の前まで迫《せま》っている。

明日の卒業式をもって、この生徒会は、終わる。

それは、もうどうしようもないこと。私とアカちゃんは卒業してしまうし、椎名《しいな》姉妹《しまい》も転校のため明日の夜には引っ越《こ》しする予定だという。

林檎ちゃんの言う通り、こんな状況《じょうきょう》で……残り少ない時間を、キー君がどうでもいい理由で、連絡もつかない状態で潰《つぶ》すはずがなかった。

私は……胸《むね》の苦しさを抑《おさ》えながら、私だけでも平静を保《たも》たないといけないと、どうにか表情を作り、林檎ちゃんに質問する。

「それでも、どうして『行方不明』だなんて？　キー君が今日の準備《じゅんび》に来てないのは事実だけど、行方不明というにはまだ早計《そうけい》――」

「昨日の夜からなんです」

林檎ちゃんは、私の言葉を遮《さえぎ》るように言った。目には、涙《なみだ》が溢《あふ》れてきてしまっている。

「昨日の夜から……兄は、いないんです。部屋にも……いえ……」

一拍《いっぱく》おいて、彼女は、絞《しぼ》り出すように言う。

「この、街《まち》にも」


「え？」

アカちゃんが、表情を歪《ゆが》める。

「この街にもって……杉崎、どこか遠くに行ったってこと？」

「……はい」

「遠くって……なんで、そんなこと……」

「……どこに行ったのか、大体、分かるからです……」

林檎ちゃんのその発言に、今度は深夏が「はぁ？」と首を傾《かし》げる。

「ちょ、ちょっと待てよ。どこ行ってるか分かってるんなら、行方不明じゃねぇだろ」

「いえ……行方不明なんです。連絡つかないし……詳《くわ》しい場所も分からないし……」

「……全然分からねーんだが」

「ごめんなさい……」

林檎ちゃんはそう言って俯《うつむ》いてしまった。私も、最初に話を聞いた時、この辺が全く分からなくて混乱したのだ。キー君が行方不明だってことまでは分かったけど、彼女はどこに行ったのか想像がついているという。

全員で顔を見合わせていると、林檎ちゃんは、整理のつかない感情を吐《は》き出すように、ぽつり、ぽつりと漏《も》らし始める。

「兄が……こんな大事な時にそれを放り出す理由なんて……一つしか、ないんです」

「私達を放り出す……理由？」

アカちゃんが、表情を強《こわ》ばらせながら訊《たず》ねる。

林檎ちゃんは、こくりと、頷《うなず》いた。

「……電話が、来てたんです。昨日の夕方に……兄の部屋に行ったら……兄は、電話、していて。私を見て、慌《あわ》てて、切って」

「えと……ごめん、話が見えないよ。夕方までは、いたってこと？」

「……はい……そして、ケータイも、使えてました。だから……兄は……。……おにーちゃんは、多分自分で電源を切ってるんです」

「………」

林檎ちゃんの、苦しそうな告白に、アカちゃんは何も言えず黙《だま》り込《こ》んでしまう。

私達もまた……もう、何も言えなくなっていた。

そんな空気の中……林檎ちゃんは、いよいよ、瞳《ひとみ》からぽろぽろと涙を流し始めてしまった。

「昨日の電話の相手は、おねーちゃん……飛鳥《あすか》おねーちゃんでした」

『！』

全員、息を飲む。

あすか……確か、松原《まつばら》飛鳥。キー君の幼馴染《おさななじ》みで……そして……林檎ちゃんからしてみれば……昔、キー君を奪《うば》った、女性。

会ったこともなければ、見たこともない。キー君も、あまり話さない。だけど……私達の心のどこかに、ずっと引っかかっていた名前。

松原飛鳥。キー君の……元、恋人《こいびと》。

「そ、それって……どういうこと……ですか？」

真冬ちゃんが、恐《おそ》る恐《おそ》る林檎ちゃんに訊ねる。

その質問に……林檎ちゃんは、涙を流しながら、ゆっくりと答えてきた。

「おにーちゃんは……飛鳥さんのところに行ったんだと思います。電話の内容は分からないですけど……それしか、考えられないです」

「じゃ、じゃあ、その飛鳥さんに連絡をとれば……」

「……飛鳥おねーちゃんも、ケータイの電源を切ってました。そして……飛鳥おねーちゃんも、昨日から、寮《りょう》に帰ってないそうです」

「え……」

真冬ちゃんの表情が凍《こお》り付く。……私達も、ようやく……林檎ちゃんの言わんとしていることを、悟《さと》った。

大事な、大事な、卒業式の前日。

生徒会の皆で過ごせる、最後の日。

だけど、キー君は来ない。

本来なら何を差し置いても皆と楽しく過ごそうとするはずのキー君が……来ない。

ありえない。

ありえないことが、起こっている。

企業とやらに一人で立ち向かっちゃうぐらい、学園を大事に思っている彼が。

そのキー君が、生徒会に、来ない。

そのキー君が、私達を、疎《おろそ》かにする。

そんなことをする理由なんて……この世に、一つしか、ないということ。

つまり、林檎ちゃんが言いたいのは……。

「また、です」

林檎ちゃんが、なにかを堪《こら》えるようにしながら、掠《かす》れた声を絞《しぼ》り出して、言い続ける。

「もう、大丈夫《だいじょうぶ》だと思っていたのに。……また、おにーちゃんと、やりなおせるって……思ったのに。生徒会の皆さんとなら……今度は、楽しく、間違《まちが》えないで……幸《しあわ》せに、なれるって、思ったのに。……でも、駄目《だめ》でした。……りんごは、やっぱり……」

途切《とぎ》れ途切れに、林檎ちゃんは呟《つぶや》き続ける。それでも……誰も、彼女に優《やさ》しい言葉をかけてあげることが、出来なかった。

なぜなら……私達もまた、どうしていいのか、分からなくなっていたから。

キー君が……来ない。

キー君は……キー君は……。

胸が、圧迫《あっぱく》される。これは多分……昔の……そして今の林檎ちゃんが感じている痛みと、同じ、痛み。

アカちゃんは、ぎゅっと胸元《むなもと》を摑《つか》み。

深夏は、ドンッと固く握《にぎ》った拳《こぶし》で机《つくえ》を叩《たた》き。

真冬ちゃんは、目を思い切り瞑《つぶ》って、「先輩……」と小さく口を動かす。

そんな皆を見て……林檎ちゃんは……。

その、残酷《ざんこく》な事実を、自嘲《じちょう》気味に、告げた。

「おにーちゃんは、また……飛鳥おねーちゃんを、選んだんです。りんごや……生徒会の皆さんより……飛鳥、おねーちゃんを」

外をちらつき始めた三月の湿《しめ》った雪が、窓《まど》ガラスで溶《と》けて、涙《なみだ》のように流れた。

立碧陽学園生徒会
Hekiyoh School student

あとがき

今回のあとがきは四ページ。というわけで、幾分《いくぶん》気楽な葵《あおい》せきなです。

今巻から第二部というか、本題である「卒業編」がスタートです。プロローグとエピローグは相変わらず不安を煽《あお》る怪《あや》しい雲行きですが、きっと徐々《じょじょ》にハッピーに、問題は解決に向かっていくと思いますので、ご安心下さい。

……まあ、まだ書き終わってるわけじゃないんで、色んな可能性はありますが。七巻では最強の能力者が登場、八巻で碧陽《へきよう》学園壊滅《かいめつ》、九巻でまさかの新主人公登場、第三部開始。そこからギネス急の長期展開に入り、西暦二〇七〇年刊行の「生徒会の二一三《にーさん》」でラスボス（まさかの杉崎《すぎさき》）に力及ばず地球滅亡。シリーズ完。ギャグ系ライトノベル屈指《くっし》の鬱《うつ》エンド。ということも、あるかもしれません。私はないと思います。

うん、四ページしか無いっていうのに、なんか妄言《もうげん》で結構潰《つぶ》してしまいました。商業誌をなんだと思っているんでしょう。

気を取り直して、じゃあ、今後の動きとか告知関連。

まず、この本の発売日から二ヶ月後、二〇〇九年九月に、次の生徒会が出ます。ただ本編ではなく、ドラマガ分等を纏《まと》めた短編集の二冊目です。でも前回も言いましたが、内容のノリは全く一緒なので、ある種こっちも本編というか。登場キャラが違ったり、学園外が舞台だったりはしますが、まあ、ノリは一緒ですので。アホなんで。

しかもこれ、なんかやたら書き下ろしが多いです。担当さんから、「ドラマガ分がかなり溜《た》まっているので、そんなに書き下ろさなくて大丈夫」と言われてたのに、嘘《うそ》でした。罠《わな》でした。結局計算し直したら、半分ぐらい書き下ろす結果に。なので作者こそ涙目ですが、読者さん的には、結構おトクな一冊かと思います。個人的に今回の短編集は自分で気に入っている話も多いので、是非《ぜひ》よろしくお願いします。

本編の七巻に関しては、もうちょっと先になります。詳細《しょうさい》な時期はまだ確定ではないですが、年末にはお届け出来るかと。内容予告は……しなくていいですよね？　六冊も本編読んでる人なら、もう分かって下さい。そう、そんなです。今貴方《あなた》の想像した通りです。

そして、十月からはいよいよテレビアニメ版「生徒会の一存」がスタート予定です。生徒会役員達が遂《つい》に、動く、動く、動く！……動く？　動くの？　生徒会室で喋《しゃべ》ってるだけの原作なのに？　なんで？　アニメの無駄遣《むだづか》いじゃない？　という意見はスルーしつつ、とにもかくにも、小説が発売されない期間も、是非アニメ版でお楽しみ下さい。

勿論《もちろん》、二つの漫画版や、ドラマガ連載、その他フェアやらなんやらで相変わらず生徒会は色んなところに顔を出していますので、それらも引き続きよろしくお願い致《いた》します。

……ま、なんだかんだと偉《えら》そうに告知しましたが、私の作業は相変わらず小説書いているだけです。下手《へた》すると、シリーズの動きに一番乗り遅れてるのが私なんじゃないかと。

部屋で寂《さび》しく一人、冷凍食品を貪《むさぼ》りながら、七巻や短編を書く毎日です。

特に夏は外に出たくないです。このあとがきを書いている六月現在でさえ、暑くて暑くて。北海道出身には耐えられません。もうひきこもりをこじらせてます。この本が発売されているであろう七月のことなんて、考えたくもありません。

六月、七月、八月の三ヶ月ぐらいは、外に一歩も出ないで過ごしたいぐらいです。駄目でしょうか。「生徒会室のみが舞台の作品なんだから、作者たる私もひきこもることにより、描写にリアリティを持たせているんだ」と言っておけば、「なんて情熱のある作家なんだ！」と読者さんに尊敬《そんけい》されるんじゃないでしょうか。しませんか。そうですか。

こんな感じで生徒会の一存シリーズの大本を書いている作者こそいつも通りグダグダですが、その分他のメディアミックス関係者さん達が「俺達がしっかりしないと！」という感じで凄《すご》く頑張って下さっていますので、原作以外も色々見て貰《もら》えると幸いです。

では最後に謝辞《しゃじ》を。

まずイラストレーターの狗神煌《いぬがみきら》さん。六花の表紙に関しては、もう、何も言いますまい。というか、言葉がありません。これを手にとってくれている読者さんなら、分かってくれると思います。ただただ、狗神さんのおられる方角に、感謝《かんしゃ》の祈りを捧《ささ》げておきます。

次に、こんなダラダラした私を電話で叩《たた》き起こし、問答無用で仕事を振り、様子を聞き、遠回りに催促《さいそく》し、プレッシャーを与え、結局なんだかんだで素早く原稿を回収する担当さん。生徒会が定期的に出るのは、確実にこの人の功績《こうせき》です。ありがとうございました。……いや、やっぱりなんか素直に感謝したくはない気もしてきましたが。

そして、第二部も付き合って頂いている読者さん。本当にありがとうございます。

生徒会の一存シリーズは、番外編も含めて、出来るだけお待たせしないよう努力していきますので、今後ともよろしくお願い致します。

葵 せきな

富士見ファンタジア文庫

生徒会《せいとかい》の六花《りつか》
碧陽学園生徒会議事録6

平成21年7月25日　初版発行

著者――葵《あおい》せきな

発行者――山下直久
発行所――富士見書房
〒102-8144
東京都千代田区富士見1-12-14
http://www.fujimishobo.co.jp
電話　営業　03(3238)8702
　　　編集　03(3238)8585

印刷所――暁印刷
製本所――BBC

ISBN978-4-8291-3417-7 C0193

seitokai no Rikka
Hekiyoh gakuen seitokai gijiroku 6